# 本書的使用方法

**step 1**

請先找個看起來和藹可親、面容慈祥的日本人，然後開口向對方說：
對不起！打擾一下

すみません，よろしいですか
sumimasen, yoroshīdesuka

出示下列這一行字請對方過目，並請對方指出
下列三個選項，回答是否願意協助「指談」。

**step 2**

> 這是用指談的會話書，如果您方便的話，是否能請您使用本書和我對談？
>
> これは，指をさしあいながら話する本です
> よかったら，この本でお話ししませんか
> 指をさして下さい

| 好的！沒問題！ | 不太方便！ | 我沒時間 |
|---|---|---|
| いいですよ | 遠慮します | 時間がありません |
| īdesuyo | enryo shimasu | jikanga arimasen |

**step 3**

如果對方答應的話(也就是指著" いいですよ "的話)，請馬上出示下列圖文，並使用本書開始進行對話。
若對方拒絕的話，請另外尋找願意協助指談的對象。

> 非常感謝！現在讓我們開始吧
>
> ありがとうございます
> ここから指さし日本語の
> スタートです

# 日語的一指神功

到日本旅行的友人在回台灣之前，十之八九會告訴我：「回台灣後一定要把日語學好！」，我總是很社交的回道：「那就好好加油吧！」，但心中真正想說的卻是：「才怪！」因為我知道一待他們返抵國門，這樣的「決心」就會變得不堪一擊，我戲稱這種現象是旅行中的「學習日語衝動症候群」。

在日本旅行中面對東洋國的那些好山好水，體驗完全脫離現實的台日文化衝擊，所有的旅行者若不是一時成為多愁善感的「旅行詩人」，就是變成一個急於把自己的旅行經驗昭告天下的「旅行作家」，而更多的是「回去後一定把日語學好！」的衝動者。原因無他，在日本旅行中，大部分的旅行者都會同時感受到「視障」、「語

障」及「聽障」的不便，於是「一定學好日語」的衝動於焉產生；但是一旦回到了自己的國度，這種不便的因子頓時消失，再加上日常生活中柴米油鹽的紛紛擾擾，旅行中的那個「決心」也就很快的不見蹤影了。

我從巴賽隆納看完高第的建築回來，在感動之餘，也曾衝動的成為NHK西班牙文電視教學的忠實觀眾，從普吉島享受

過白沙椰影的南國風情回來，也曾學了三個月的泰國話，但是至今真正學好的卻只有日語而已。原因無他，只因日語和我的現實生活緊密結合，學不好我就生活不下去也！

真正要學好日語的路途其實寂寞又漫長，也需要相當的耐心與毅力，在處處講究「速辦速成」及「馬上見真章」的社會風潮中，想耐著性子學日語似乎特別艱難，於是「三個月速成」、「一週馬上通」的廣告到處林立。不過，我想提醒大家的是，既然自己當年學國語時，都花了不只三個月的時間，為什麼獨獨要求日語必須在三個月內就學好呢？

其實日語並沒有那麼困難，否則平庸如我就必然無法學好它。但日語也沒有簡單到可以不費吹灰之力就輕易征服，適度的努力再加上一點決心還是有其必要的。

對於真正想要學好日語的人，我還是建議您能按部就班，從基礎扎扎實實的學起。但對於只是到日本做短期旅行的人而言，這本書或許可以助您一臂之力，稍解您的燃眉之急，因為在日本與其勉強以不正確的發音，讓日本人丈二金剛摸不著頭腦，倒不如揮一揮您的手指，讓日本人為您「指點迷津」，或許更為實際而有效！

當然若能因此而激發您對日語的興趣，進而下定決心在日語的學習路上發奮圖強，更屬無上的榮幸！

在啟程之前，請別忘了您的護照，也別忘了您的機票，更別忘了這本救急的「手指書」，然後帶著一顆好心情，快快樂樂的暢遊那個不再有「語障」的美麗國度－日本。

在飛往日本的班機上您必須做的二件功課……
(1)盡可能的多記住幾個平假名或片假名（五十音）。
(2)練習幾句常用的日語「問候語」。

## 平假名

|  | あ段 | い段 | う段 | え段 | お段 |
|---|---|---|---|---|---|
| あ行 | あ<br>a | い<br>i | う<br>u | え<br>e | お<br>o |
| か行 | か<br>ka | き<br>ki | く<br>ku | け<br>ke | こ<br>ko |
| さ行 | さ<br>sa | し<br>si | す<br>su | せ<br>se | そ<br>so |
| た行 | た<br>ta | ち<br>chi | つ<br>tsu | て<br>te | と<br>to |
| な行 | な<br>na | に<br>ni | ぬ<br>nu | ね<br>ne | の<br>no |
| は行 | は<br>ha | ひ<br>hi | ふ<br>hu | へ<br>he | ほ<br>ho |
| ま行 | ま<br>ma | み<br>mi | む<br>mu | め<br>me | も<br>mo |
| や行 | や<br>ya |  | ゆ<br>yu |  | よ<br>yo |
| ら行 | ら<br>ra | り<br>ri | る<br>ru | れ<br>re | ろ<br>ro |
| わ行 | わ<br>wa |  |  |  | を<br>o |
|  | ん<br>n |  |  |  |  |

# 片假名

|  | ア段 | イ段 | ウ段 | エ段 | オ段 |
|---|---|---|---|---|---|
| ア行 | ア<br>a | イ<br>i | ウ<br>u | エ<br>e | オ<br>o |
| カ行 | カ<br>ka | キ<br>ki | ク<br>ku | ケ<br>ke | コ<br>ko |
| サ行 | サ<br>sa | シ<br>si | ス<br>su | セ<br>se | ソ<br>so |
| タ行 | タ<br>ta | チ<br>chi | ツ<br>tsu | テ<br>te | ト<br>to |
| ナ行 | ナ<br>na | ニ<br>ni | ヌ<br>nu | ネ<br>ne | ノ<br>no |
| ハ行 | ハ<br>ha | ヒ<br>hi | フ<br>hu | ヘ<br>he | ホ<br>ho |
| マ行 | マ<br>ma | ミ<br>mi | ム<br>mu | メ<br>me | モ<br>mo |
| ヤ行 | ヤ<br>ya | | ユ<br>yu | | ヨ<br>yo |
| ラ行 | ラ<br>ra | リ<br>ri | ル<br>ru | レ<br>re | ロ<br>ro |
| ワ行 | ワ<br>wa | | | | ヲ<br>o |
| | ン<br>n | | | | |

　　日語的問候語大多是一些慣用語，因此最好的學習方法就是反反覆覆的多唸幾次，直到能朗朗上口為止，至於何謂「朗朗上口」呢？簡單的說就是當您想向人道謝時，結果在第一時間衝口而出的居然是「ありがとうございます」而不是「謝謝」，那麼你就算「學成」！

　　以下的各句問候用語，你不妨每句先唸個一百次，您馬上就可以體驗到何謂「日語朗朗上口」的快樂滋味，不信的話就請試試看吧！

早安
おはようございます
ohayō gozaimasu
(使用於早晨起床後見面的第一句問候語。)

你好
こんにちは
konnichiwa
(使用於白天的問候用語，相當於中國話裡的「你好」，若和「お元氣ですか？」一起使用，再加上滿臉燦爛的笑容，在日本必然成為最受歡迎的人。)

晚安
こんばんは
konbanwa
(使用於夜晚的問候用語。)

臨睡前的問候用語
おやすみなさい
oyasumi nasai
(使用於臨睡前的問候用語，相當於英語的「Good Night」。請特別注意和「こんばんは」做區別。)

謝謝
ありがとうございます
arigatō gozaimasu
(表示感謝時的正式道謝用語。若是必須感謝的事情是發生在過去式或完成式時，就必須改說：「ありがとうございました」。)

不謝，不客氣
## どういたしまして
dōitashimashite
(是對應「ありがとうございます」的回答。)

對不起
## ごめんなさい
gomennasai
(是比較正式的道歉用語，日語裡的道歉用語大致可分成三
個等級：
★所犯的「罪行」相當為嚴重時─申しわけございません
★所犯的「罪行」次嚴重時─ごめんなさい
★所犯的「罪行」較輕微時─すみません
按照所犯下的「罪行」的嚴重性而有不同的道歉方法。)

再見
## さようなら
sayōnara
(用於分手的用語。日本年輕人在分手時也常使用
「じゃね」或「まだね」等用語，但都不是正式的用
法，初學者還是先學好「さようなら」的正式用法後
再學其他用語。)

輕微的道歉或感謝、詢問或叫人時的口頭用語
## すみません
sumimasen

(是日語裡的「萬能選手」，簡單的一句「すみません」
就包含了道歉、感謝、尋問、叫人等等意思，的確是相
當好用的一句日語，有人開玩笑說到日本旅行時只要記
住「すみません」這句話，就可所向無敵一路走到底，
其泛用的程度可見一斑。)

① 本書收錄有十個單元三十個部分，並以色塊的方式做出索引列於書之二側，讓使用者能夠依顏色快速找到你想要的內容。

② 每一個單元皆有不同的問句，搭配不同的回答單字，讓使用者與協助者可以用手指的方式溝通與交談，全書約有超過150個會話例句與2000個可供使用的常用單字。

③ 在單字與例句的欄框內，所出現的頁碼為與此單字或是例句相關的單元，可以方便使用者快速查詢。

④ 當你看到此符號與空格出現時，是為了方便使用者與協助者進行筆談溝通或是做為標註記錄之用。

⑤ 在最下方處，有一註解說明與此單元相關之旅遊資訊，方便使用者參考之用。

⑥ 最後一個單元為常用字詞，放置有最常被使用的字詞，讓使用者參考使用之。

⑦ 隨書附有通訊錄的記錄欄，讓使用者可以方便記錄同行者的資料，以利於日後連絡之。→ P.88

⑧ 隨書附有 ＜旅行攜帶物品備忘錄＞，讓使用者可以提醒自己出國所需之物品。　　　　　→ P.89

★ 巴黎有二處機場，(1)戴高樂...以連接市區的地下鐵，票價...

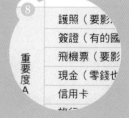

# 機場詢問

___在哪裡？
___ はどこですか
___ wa doko desu ka

有前往市區的機場巴士嗎？
市内へ行く連絡バスはありますか
Shinai e yuku renraku basu wa arimasu ka

機場巴士（計程車）的乘車處在哪裡？→ P.20
バス〔タクシー〕の乗り場はどこですか
Basu [takushī] no noriba wa doko desu ka

| | | |
|---|---|---|
| 巴士<br>バス<br>basu  | 鐵路 → P.20<br>鉄道<br>tetsudō | 計程車<br>タクシー<br>takushi  |
| 出境<br>出国<br>shukkoku | 遊客資訊中心<br>観光案内所<br>kanko annaijo | 電車、巴士售票處<br>きっぷ売場<br>kippu uriba<br>→ P.20 |
| 洗手間 → P.21<br>トイレ<br>toire  | 海關<br>税関<br>zeikan | 入境<br>入国<br>nyūkoku |
| 兌幣處<br>両替所<br>ryōgaejō → P.58 | 登機門<br>ゲート<br>gēto | 免稅商店<br>免税店<br>menzeiten |

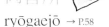

★ 目前直航東京的國際航班有華航、長榮、日亞航、國泰、西北。在機場的設施通常有：遊客中心、鐵路訂
位、行李運送與市區連結的交通工具有電車、鐵路、計程車等。

# 今晚打算住哪裡？

從今晚我要住 __ 天。→ P.63
今晚から__泊します
Konban kara — paku shimasu

已在台灣預定好了。
台湾で予約しました
Taiwan de yoyaku shimashita

給我單人房(雙人房)
一人部屋（二人部屋）
にしたい
Hitori beya (fudari beya)ni shitai

房費是多少？
部屋代はいくらですか
Heyadai wa ikura desu ka

費用裡包括早餐嗎？
料金は朝食付きですか
Ryōkin wa chōshoku tsuki desu ka

包括稅金和服務費嗎？
稅・サービス料込みですか
Zei・sābisuryō komi desu ka

我要再住一天。→ P.58
滞在を1日延ばしたい
Taizai o ichinichi nobashitai

有沒有更便宜一點的房間？
もっと安い部屋はありませんか
Motto yasui heya wa arimasen ka

單人房
シングルルーム
singuru rūmu

雙人房
ダブルルーム
daburu rūmu

和室
和室
washitsu

飯店
ホテル
hoteru

便宜的飯店
安い旅館
yasui ryokan

旅社
旅館
ryokan

客滿
満室
manshitsu

櫃台 → P.58
フロント
furonto

緊急出口
非常口
hijoguchi

12 　★在JNTO Accommodations的網站上，提供了日本全國各種等級的住宿情報，並且可以利用網上預定；而在
Japan Hotel Association，則可以查詢到日本全國各加盟飯店的情報，其為日本旅館協會的網站。

# 旅館常見問題

旅館常見問題

從機場到旅館

旅行觀光

料理飲食

購物 Shopping

數字時間

介紹問候

哈日文化

藥品急救

常用字詞

附錄

我不小心把鑰匙忘在房間了。
鍵を部屋に置き忘れてしまいました
Kagi o heya ni okiwasurete shimaimasita

我要換個房間。
部屋を変えたい
Heya o kaetai

這房間太吵雜了。
この部屋はうるさい
Kono heya wa urusai

沒有肥皂〔毛巾〕。
石けん〔タオル〕がない
Sekken [Taoru] ga nai

這個鎖壞了。
鍵がこわれている
Kagiga kowarete iru

熱水出不來。
お湯がでない
Oyu ga denai

浴池的塞子塞不緊。
風呂の栓がしまらない
Furo no sen ga shimaranai

廁所無法沖水。
トイレの水が流れない
Toire no mizu ga nagarenai

電視不能看。
テレビがつかない
Terebi ga tsukanai

請叫一個服務生來。
ボーイを1人よこして
下さい
Bōi o hitori yokoshite kudasai

這個壞了
これはこわれています
Kore wa kowarete imasu

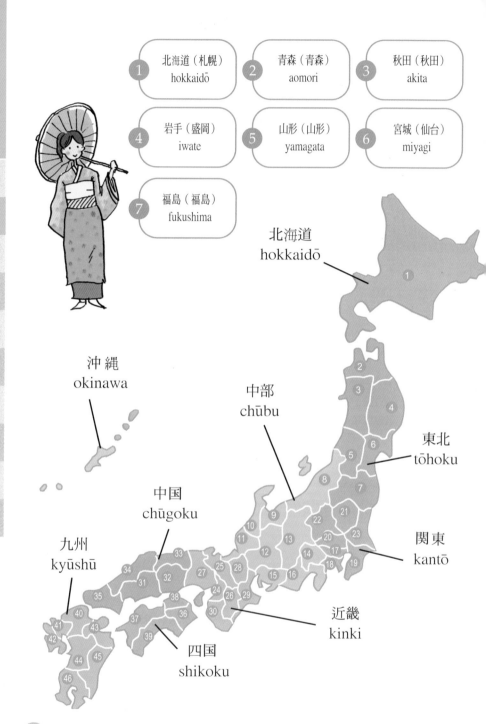

| 1 | 北海道（札幌）hokkaidō |
| 2 | 青森（青森）aomori |
| 3 | 秋田（秋田）akita |
| 4 | 岩手（盛岡）iwate |
| 5 | 山形（山形）yamagata |
| 6 | 宮城（仙台）miyagi |
| 7 | 福島（福島）fukushima |

北海道
hokkaidō

沖縄
okinawa

中部
chūbu

東北
tōhoku

中国
chūgoku

関東
kantō

九州
kyūshū

近畿
kinki

四国
shikoku

| | | | |
|---|---|---|---|
| **8** 新潟（新潟）<br>nigata | **9** 富山（富山）<br>toyama | **10** 石川（金沢）<br>ishikawa | **11** 福井（福井）<br>fukui |
| **12** 岐阜（岐阜）<br>gifu | **13** 長野（長野）<br>nagano | **14** 山梨（甲府）<br>yamanashi | **15** 愛知（名古屋）<br>aichi |
| **16** 静岡（静岡）<br>shizuoka | **17** 東京<br>tōkyō | **18** 神奈川（横浜）<br>kanagawa | **19** 千葉（千葉）<br>chiba |
| **20** 埼玉（さいたま）<br>saitama | **21** 栃木（宇都宮）<br>tochigi | **22** 群馬（前橋）<br>gunma | **23** 茨城（水戸）<br>ibaragi |
| **24** 大阪（大阪）<br>ōsaka | **25** 京都（京都）<br>kyōto | **26** 奈良（奈良）<br>nara | **27** 兵庫（神戸）<br>hyōgo |
| **28** 滋賀（大津）<br>shiga | **29** 三重（津）<br>mie | **30** 和歌山（和歌山）<br>wakayama | **31** 広島（広島）<br>hiroshima |
| **32** 岡山（岡山）<br>okayama | **33** 鳥取（鳥取）<br>tottori | **34** 島根（松江）<br>shimane | **35** 山口（山口）<br>yamaguchi |
| **36** 徳島（徳島）<br>tokushima | **37** 愛媛（松山）<br>ehime | **38** 香川（高松）<br>kagawa | **39** 高知（高知）<br>kōchi |
| **40** 福岡（福岡）<br>fukuoka | **41** 佐賀（佐賀）<br>saga | **42** 長崎（長崎）<br>nagasaki | **43** 大分（大分）<br>ōita |
| **44** 熊本（熊本）<br>kumamoto | **45** 宮崎（宮崎）<br>miyazaki | **46** 鹿児島（鹿児島）<br>kagoshima | **47** 沖縄（那霸）<br>okinawa |

從機場
到旅館

旅行
觀光

料理
飲食

購物
Shopping

數字
時間

介紹
問候

哈日
文化

藥品
急救

常用
字詞

附錄

## 東京觀光景點

請問，到 ＿＿ 怎麼走好呢？

すみませんが＿＿へ行く道を教えて下さい

Sumimasen ga ＿＿ e iku michi o oshiete kudasai

走到＿＿會不會很遠？

＿＿まで歩いて行けますか

＿＿ made aruite ikemasu ka

大概要走多久？

歩くとどのくらいかかりますか

Aruku to donokurai kakarimasu ka

吉祥寺

池袋

上野　淺草

新宿　東京

原宿　銀座

下北澤　青山

澀谷

惠比壽　台場

東京港

自由が丘

橫濱

從機場
到旅館

旅行
觀光

料理
飲食

購物
Shopping

數字
時間

介紹
問候

哈日
文化

藥品
急救

常用
字詞

附錄

東京迪士尼樂園
東京ディズニーランド
tōkyō dizunīrando

上野動物園
上野動物園
ueno dōbutsuen

仲見世通
仲見世通リ
nakamise dōri

阿美横丁
アメヤ横丁
ameya yokochō

浅草寺
浅草寺
sensōji

東京都廳
東京都庁
tōkyō tochō

兩國國技館
両国国技館
ryōgoku
kokugikan

陽光城國際水族館
サンシャイン国際水族館
sanshain kokusai suizokukan

江戸東京博物館
江戸東京博物館
edotōkyō
hakubutsukan

東京歌劇城
東京オペラシティ
tōkyō operasiti

竹下通
竹下通リ
takeshita dōri

HNK電視公園
NHKスタジオパーク
NHK sutajio pāku

電力館
電力館
Denryokukan

表参道
表参道
Omotesandō

東京巨蛋
東京ビッグエッグ
Tōkyō biggueggu

惠比壽花園廣場
惠比寿ガーデンフレス
Ebisu gādenburesu

皇居
皇居
Kōkyo

東京鐵塔
東京タワー
Tōkyō tawā

明治神宮
明治神宮
Mēiji jingū

17

## 東京的美術館、博物館

東京車站美術館　東京ステーションギャラリー

03-3212-2485〔交〕JR東京驛舍內

大丸美術館　大丸ミュージアム・東京
03-3212-8011〔交〕JR東京驛下車八重洲中央口

出光美術館　出光美術館
03-3272-8600（NTTハローダイヤル）〔交〕JR有楽町下車〔步〕5分

布里其斯頓美術館　ブリヂストン美術館
03-3563-0241〔交〕JR東京驛或地下鐵　日本橋驛B1出口〔步〕各5分

東京国立近代美術館 工芸館
03-3272-8600（NTTハローダイヤル）
〔交〕地下鐵東西線竹橋驛下車
1a出口〔步〕10分

科学技術館
03-3212-2440〔交〕地下鐵東西線竹橋驛、九段下驛下車4番出口〔步〕各7分

国立西洋美術館
03-3272-8600（NTTハローダイヤル）〔交〕JR上野驛下車公園口〔步〕1分

上野の森美術館
03-3833-4191〔交〕JR上野驛下車公園口〔步〕3分

伊勢丹美術館
03-3352-1111〔交〕JR新宿驛下車〔步〕5分

★東京的市內交通主要是由地下鐵和JR鐵路二大系統所構成。地下鐵有都營和營團二種，不同的路線皆以不同顏色標示，東京地鐵共有十三條路線；JR則有山手線、中央線、橫須賀線、東海道本線、總武線和京葉線。

請問，到＿＿＿＿怎麼走好呢？
すみませんが＿へ行く道を教えて下さい
Sumimasen ga ＿ e iku michi o oshiete kudasai

這附近有＿＿＿＿嗎？
この近くに＿＿がありますか
Kono chikaku ni ＿ga arimasu ka

＿＿＿飯店離這兒遠不遠？
＿＿ホテルはここから遠いですか
＿＿ hoteru wa koko kara tōi desu ka

要花多少時間？ → P.64-65
どのくらいかかりますか
Dono kurai kakarimasu ka

這裡是什麼地方呢？
ここはどこですか
Koko wa doko desu ka

這條路叫什麼路呢？
この通りは何といいますか
Kono tōri wa nan to iimasu ka

請告訴我現在的位置。 → P.14
現在位置を示して下しい
Genzai ichi o shimeshite kudasai

請在這裡畫一個草圖。
ここに略図を書いて下さい
Koko ni ryakuzu o kaite kudasai

# 搭乘電車

往＿的車是在那一號月台？
＿ 行きはどのホームですか
＿ yuki wa dono hōmu desu ka

這班電車開往＿嗎？
この電車は＿へ行きますか
Kono densha wa ＿ e ikimasu ka

這班電車在 ＿ 停車嗎？
この電車は＿に止まりますか
Kono densha wa ＿ ni tomarimasu ka

| | 出入口 | 剪票口 |
|---|---|---|
| | 出入口 | 改札口 |
| | deiriguchi | kaisatsuguchi |

| 日本鐵路公司線 | 私營鐵路線 | 換車處 |
|---|---|---|
| JR | 私鉄 | 乗り換え口 |
| jeiāru | shitetsu | norikaeguchi |

地鐵
地下鉄
chikatetsu

成人／小孩
大人／子供
otona/kodomo

退返硬幣
取り消し
torikeshi　→ P.61

喚人按鈕
呼び出し
yobidashi

回數券
回数券
kaisuken

一日乗車券
一日乗車券
ichinichijoshaken

★從2000年10月14日開始，在東京及其週邊旅行，只需要憑一張PASS NET就可以遍行二十一條線路，不過其中並不包括JR的鐵路系統。

從機場到旅館

旅行觀光

料理飲食

購物 Shopping

數字時間

介紹問候

哈日文化

藥品急救

常用字詞

附錄

# 搭乘計程車

### 計程車招呼站在哪裡？
タクシー乗り場はどこですか
Takushī noriba wa doko desu ka

### 請叫一輛計程車。
タクシーを呼んで下さい
Takushī o yonde kudasai

### 到＿要多少錢呢？
＿までいくらで行きますか
— made ikura de ikimasu ka

### 請到＿。
＿まで行って下さい
— made itte kudasai

### 請到這個地址去。（出示地址）
この住所へ行って下さい
Kono jūsho e itte kudasai

### 這附近有沒有廁所呢？
この近くに公衆トイレはありますか
Kono chikaku ni kōshū toire wa arimasu ka

### 我可以借用一下廁所嗎？
ちょっとトイレを借りたいのですが
Chotto toire o karitai no desuga

## 常用的方向用語

| 東 | 西 |
|---|---|
| 東 | 西 |
| higashi | nishi |

| 南 | 北 |
|---|---|
| 南 | 北 |
| minami | kita |

**左邊**
左／左側
hidari / hidari gawa

**前方**
前方
zenpō

**後方**
後方
kōhō

**這邊**
こちら側
kochira gawa

**對面那邊向**
むこう〔反對〕側
mukō [hantai] gawa

搭乘計程車

從機場到旅館

旅行觀光

料理飲食

購物 Shopping

數字時間

介紹問候

哈日文化

藥品急救

常用字詞

附錄

★在日本一般計程車的起跳費為660日幣，行駛2公里後再跳錶；大車每274公尺80日圓，小車每290公尺80日圓。塞車時間則為每分鐘跳錶一次，可以按錶計費，不另外再付小費。

# 懶人旅行法

這裡有沒有市內觀光巴士呢？
市内観光バスはありますか
Shinai kankō basu wa arimasu ka

有沒有一天〔半天〕的旅遊團呢？
1日〔半日〕のコースはありますか
Ichinichi〔Hannichi〕no kōsu wa arimasu ka

有沒有上午〔下午，晚上〕的旅遊團呢？
午前〔午後，夜〕のコースがありますか
Gozen [Gogo, Yoru] no kōsu ga arimasu ka

去一些什麼地方呢？
どこを迴るのですか
Doko o mawaru no desu ka

要花幾個鐘頭？ → P.64
何時間かかりますか
Nanjikan kakarimasu ka

餐費也包含在內嗎？
食事付きですか
Shokujitsuki desu ka

幾點鐘出發呢？ → P.64
何時発ですか
Nanji hatsu desu ka

幾點鐘回來呢？ → P.64
何時に戻りますか
Nanji ni modorimasu ka

從哪裡出發呢？
どこから出ますか
Doko kara demasu ka

★在東京旅遊可以參加當地行程，而搭乘HATO BUS就是一種方便的選擇，其行程每天都有開往不同旅遊景點的設計，主題各有不同，而且隨車有服務人員的說明，甚至有些行程會有英語導遊。

在＿飯店可以上車嗎？

＿ホテルから乗れますか

＿ hoteru kara noremasu ka

乘車券要在哪裡購買呢？

切符はどこで買えますか

Kippu wa doko de kaemasu ka

在＿飯店可以下車嗎？

＿ホテルで降ろしてもらえますか

＿ hoteru de oroshite moraemasu ka

可以在這裡拍照嗎？

ここで写真を撮ってもいいですか

Koko de shashin o tottemo ī desu ka

可以使用三腳架嗎？

三脚を使ってもいいですか

Sankyaku o tsukattemo ī desu ka

可以使用閃光燈嗎？

ストロボをたいてもいいですか

sutorobo o taitemo ī desu ka

對不起請您按一下快門好嗎？

すみませんがシャッターを押して下さい

Sumimasenga shattā o oshite kudasai

請您和我一起照相吧。

私と一緒に写真に入って下さい

Watashi to issho ni shashin ni haitte kudasai

從機場
到旅館

旅行
觀光

料理
飲食

購物
Shopping

數字
時間

介紹
問候

哈日
文化

藥品
急救

常用
字詞

附錄

請告訴我現在的位置。
現在位置を示して下しい
Genzai ichi o shimeshite kudasai

我想去＿
私は＿へ行きたいです
Watashi wa ＿ e ikitai desu

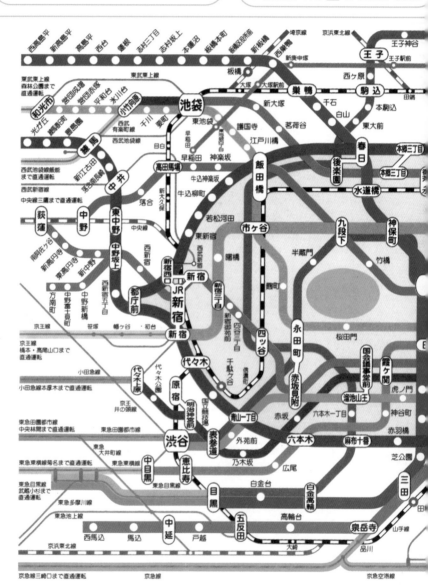

哪一條線可到?

どの線で行けますか

Dono sende ikemasu ka

在那一站下車?

どこで降りますか

Dokode orimasu ka

從機場
到旅館

旅行
觀光

料理
飲食

購物
Shopping

數字
時間

介紹
問候

哈日
文化

藥品
急救

常用
字詞

附錄

地下鉄路線図
SUBWAY MAP

ホームページもご利用ください
http://www.kotsu.metro.tokyo.jp

東京都交通局

2000.12.D 300,000

| | |
|---|---|
| 大江戸線 | 営団東西線 |
| 浅草線 | 営団千代田線 |
| 三田線 | 営団有楽町線 |
| 新宿線 | 営団有楽町線(新線) |
| 営団銀座線 | 営団半蔵門線 |
| 営団丸ノ内線 | 営団南北線 |
| 営団日比谷線 | 都電荒川線 |

# 日本美食

請給我菜單
メニューを見せてください
Menyūo misete kudasai

請給我 ＿
＿ をください
＿ o kudasai

請給我和那個相同的菜。
あれと同じものをください
Are to onaji mono o kudasai

請買單 → P.58
お勘定，お願いします
Okanjo, onegaishimasu

請給我套餐。
私は定食にします
Watashi wa teishoku ni shimasu

多少錢？ → P.58
いくらですか
Ikura desu ka

可以使用信用卡嗎？
クレジットカードは使えますか
Kurejitto kādo wa tsukaemasu ka

含稅和服務費嗎？
税金とサービス料は入っていますか
Zeikin to sābisuryō wa haitte imasu ka

★在日本的餐廳和飯店通常在帳單上都已收取10%~15%的服務費，遊客通常不需要另外再付小費。

從機場
到旅館

旅行
觀光

料理
飲食

購物
Shopping

數字
時間

介紹
問候

哈日
文化

藥品
急救

常用
字詞

附錄

| 非常 とても totemo | 稍微 すこし sukoshi |
|---|---|

| 甜 甘い amai | 鹹 塩辛い shiokarai | 苦 苦い nigai | 清淡 あっさり assari |
|---|---|---|---|
| 酸 酸っぱい suppai | 辣 辛い karai | 澀 渋い shibui | 好吃；美味 おいしい oishii |

| 調味料 調味料 chōmiryō | 醬油 醬油 shōyu  | 砂糖 砂糖 satō  |
|---|---|---|

| 美乃滋 マヨネーズ mayonēzu | 鹽 塩 shio  | 蕃茄醬 ケチャップ kechappu  |
|---|---|---|

| 胡椒 コショウ koshō  | 醋 酢 su | 芥末 わさび wasabi |
|---|---|---|

| 餐具 食器 shokki | 刀子 ナイフ naifu | 叉子 フォーク fōku |
|---|---|---|
| 湯匙 スプーン supūn | 餐巾 ナプキン napukin | 筷子 はし hashi  |

27

您想吃什麼
何が食べたいですか
Nani ga tabetai desu ka

＿我想吃
＿が食べたいです
＿ ga tabetai desu

## 料 理

| 西洋料理 せいようりょうり seiyō ryōri | 中華料理 ちゅうかりょうり chūka ryōri |
|---|---|
| 日本料理 にほんりょうり nihon ryōri | 兒童餐 お子様ランチ okosama ranchi |

| 煎 焼く yaku | 炸 揚げる ageru | 炒 炒める itameru | 拌 和える aeru | 蒸 蒸す musu |
|---|---|---|---|---|
| 燉 煮る niru | 煮 炊く taku | 燙 ゆでる yuderu | 醃漬 漬ける tsukeru |  |

28

海鮮／魚貝類

| | |
|---|---|
| 鮭魚<br>鮭<br>sake | 章魚<br>たこ<br>tako |
| 鮪魚<br>まぐろ<br>maguro | 蛤蜊<br>浅蜊<br>asari |
| 鱈魚<br>たら<br>tara | 紅魽<br>はまち<br>hamachi |
| 比目魚<br>平目<br>hirame | 龍蝦<br>伊勢海老<br>iseebi |
| 蝦子<br>海老<br>ebi | 海參<br>なまこ<br>namako |
| 鯛魚／加納魚<br>鯛<br>tai | 竹筴魚<br>あじ<br>aji |
| 螃蟹<br>蟹<br>kani | 牡蠣<br>かき<br>kaki |
| 鮑魚<br>鮑<br>awabi | 烏賊，墨魚<br>いか<br>ika |

從機場到旅館

旅行觀光

料理飲食

購物 Shopping

數字時間

介紹問候

哈日文化

藥品急救

常用字詞

附錄

從機場
到旅館

旅行
觀光

料理
飲食

購物
Shopping

數字
時間

介紹
問候

哈日
文化

藥品
急救

常用
字詞

附錄

## 米飯類　ご飯類　gohanri

| 壽司 すし sushi | 白飯 ご飯 gohan |
|---|---|
| 牛肉燴飯 牛丼 gyūdon | 稀飯 お粥 okayu |
| 天婦羅蓋飯 天丼 tendon | 雞肉蛋蓋飯 親子丼 oyakodon |
| 壽司飯 ちらし寿司 chirashizushi | 咖哩飯 カレーライス karēraisu |
| 蛋包飯 オムレツ omuretsu | 壽司捲 巻き寿司 makizushi |
| 御飯糰 おにぎり onigiri | 生魚片壽司 握り寿司 nigirizushi |
| 鹹稀飯 雜炊 zō sui | 炸豬排蓋飯 カツ丼 katsudon |
| 茶泡飯 お茶漬 ochazuke | 手捲 手巻き temaki |

★在東京有不同的拉麵；東京拉麵(道地醬油味)、札幌拉麵(為鹽及味噌、醬油調合，再加入奶油和雞湯等)、大阪等關西拉麵(昆布味)、九州拉麵(用豬骨、雞肋等長時間熬煮成湯底)

## 米飯類 / 麵類

| | |
|---|---|
| 烏龍麵<br>うどん<br>udon  | 日式蕎麥涼麵<br>ざるそば<br>zarusoba  |
| 蕎麥麵<br>そば<br>soba | 油豆腐麵<br>きつねそば<br>kitsunesoba |
| 日式炒麵<br>焼きそば<br>yakisoba | 餃子<br>ギョーザ<br>gyōza  |
| 拉麵<br>ラーメン<br>rāmen | 加蛋蕎麥麵<br>月見そば<br>tsukimisoba |
| 油渣蕎麥麵<br>たぬきそば<br>tanukisoba | 陽春烏龍麵<br>かけうどん<br>kakeudon |
| 餛飩<br>わんたん<br>wantan | 加蛋烏龍麵<br>月見うどん<br>tsukimiudon  |

從機場
到旅館

旅行
觀光

料理
飲食

購物
Shopping

數字
時間

介紹
問候

哈日
文化

藥品
急救

常用
字詞

附錄

**日本料理**

| 生魚片<br>刺身<br>sashimi  | 醬菜<br>漬物<br>tsukemono | 沙拉<br>サラダ<br>sarada |
|---|---|---|
| 烤魚<br>燒魚<br>yakizakana | 可樂餅<br>コロッケ<br>korokke  | |
| 串燒<br>燒き鳥<br>yakitori  | 日式天婦羅<br>天ぷら<br>tenpura  | |
|  茶碗蒸<br>茶碗蒸し<br>chawanmushi | 關東煮<br>おでん<br>oden  | |
| 壽喜燒<br>すきやき<br>sukiyaki | 涮涮鍋<br>しゃぶしゃぶ<br>shabushabu  | |
| 味噌湯<br>味噌汁<br>misoshiru  | | |

## 西餐

| | |
|---|---|
| 洋式炒飯<br>ピラフ<br>pirafu | 披薩<br>ピザ<br>piza |
| 熱狗<br>ホットドッグ<br>hooto doggu | 炸薯條<br>ポテトフライ<br>potetofurai |
| 燉肉<br>シチュー<br>shichū | 湯<br>スープ<br>sūpu |
| 義大利麵<br>スパゲッティ<br>supagetti | 奶油焗飯<br>ドリア<br>doria |
| 焗通心粉<br>グラタン<br>guratan | 牛排<br>ステーキ<br>sutēki |
| 漢堡牛排<br>ハンバーグ<br>hanbāgu | 三明治<br>サンドイッチ<br>sandoicchi |
| 漢堡<br>ハンバーガー<br>hanbāgā | 炸雞<br>フライドチキン<br>furaidochikin |

| | |
|---|---|
| 韓國烤肉<br>焼き肉<br>yakiniku | 土瓶蒸<br>土瓶蒸し<br>dobinmushi |
| 鐵板燒<br>鉄板焼<br>teppanyaki | 鰻魚定食<br>鰻定食<br>unagiteishoku |
| 中式炒飯<br>チャーハン<br>chāhan | 日式麵粉煎<br>お好み焼き<br>okonomiyaki |
| 串烤<br>串焼き<br>kushiyaki | 日式清湯<br>お吸い物<br>osuimono |
| 串炸<br>串カツ<br>kushikatsu | 火鍋<br>鍋物<br>nabemono |
| 酸醋小菜<br>酢の物<br>sunomono | |

## 早餐

| | |
|---|---|
| 荷包蛋<br>目玉焼<br>medamayaki | 蜂蜜<br>蜂蜜<br>hachimitsu |
| 白煮蛋<br>ゆで卵<br>yudetamago | 果醬<br>ジャム<br>jamu |
| 臘腸<br>ソーセージ<br>sōsēji | 土司<br>トースト<br>tōsuto |
| 香腸<br>腸結め<br>chōzume | 奶油<br>バター<br>batā |
| 火腿<br>ハム<br>hamu | 乳酪<br>チーズ<br>chīzu |
| | 玉米片<br>コーンフレーク<br>kōnfurēku |
| 優格<br>ヨーグルト<br>yōguruto | 麵包<br>パン<br>pan |

從機場
到旅館

旅行
觀光

料理
飲食

購物
Shopping

數字
時間

介紹
問候

哈日
文化

藥品
急救

常用
字詞

附錄

## 飲　料

| 綠茶<br>緑茶<br>ryokucha | 開水<br>水<br>mizu  |
|---|---|
| 鮮奶<br>ミルク<br>miruku  | 紅茶<br>紅茶<br>kōcha  |
| 烏龍茶<br>ウーロン茶<br>ūroncha | 礦泉水<br>ミネラルウォーター<br>mineraruwōtā |
| 咖啡 <br>コーヒー<br>kōhī | 柳丁汁<br>オレンジジュース<br>orenjijūsu |
| 麥茶<br>麦茶<br>mugicha　抹茶<br>抹茶<br>maccha | 可口可樂<br>コカコーラ<br>kokakōra  |

| | |
|---|---|
| 蕃茄汁<br>トマトジュース<br>tomatojūsu | 冰紅茶<br>アイスティー<br>aisutī  |
| 冰咖啡<br>アイスコーヒー<br>aisukōhi | 奶茶<br>ミルクティー<br>mirukutī |
| 熱咖啡<br>ホットコーヒー<br>hottokohī  | 檸檬茶<br>レモンティー<br>remontī |
| 熱紅茶<br>ホットティー<br>hottotī | 熱開水<br>お湯<br>oyu |

**酒　類**

| | |
|---|---|
| 威士忌<br>ウイスキー<br>uisukī | 葡萄酒<br>ワイン<br>wain  |
|  啤酒<br>ビール<br>biru | |
| 白蘭地<br>ブランデー<br>burandē | 日本米酒<br>日本酒<br>nihonshu |

從機場<br>到旅館

旅行<br>觀光

料理<br>飲食

購物<br>Shopping

數字<br>時間

介紹<br>問候

哈日<br>文化

藥品<br>急救

常用<br>字詞

附錄

從機場
到旅館

旅行
觀光

料理
飲食

購物
Shopping

數字
時間

介紹
問候

哈日
文化

藥品
急救

常用
字詞

附錄

## 水果 果物 kudamono

草莓
いちご
ichigo

水蜜桃，桃子
もも
momo

蘋果
りんご
ringo

蕃茄
トマト
tomato

葡萄
ぶどう
budō

香蕉
バナナ
banana

櫻桃
さくらんぼ
sakuranbo

鳳梨
パイナップル
painappuru

柿子
かき
kaki

哈蜜瓜，香瓜
メロン
meron

橘子
みかん
mikan

西瓜
すいか
suika

柳橙
オレンジ
orenji

葡萄柚
グレープフルーツ
gurēpu furūtsu

梨子
なし
nashi

檸檬
レモン
remon

| 甜食 デザート dezaato | |
|---|---|
| 果凍<br>ゼリー<br>zeri | 日式糕點<br>和菓子<br>wagashi |
| 冰淇淋<br>アイスクリーム<br>aisukurimu | 仙貝、米菓<br>煎餅<br>senbei |
| 洋芋片<br>ポテトチップス<br>poteto chippusu | 布丁<br>プリン<br>purin |
| 蛋糕<br>ケーキ<br>kēki | 爆米花<br>ポップコーン<br>poppukōn |
| 紅豆麵包<br>あんパン<br>anpan | 巧克力<br>チョコレート<br>chocorēto |
| 鹹梅乾<br>梅干し<br>umeboshi | 甜甜圈<br>ドーナツ<br>dōnatsu |
| 小餅乾<br>クッキー<br>kukkī | 糖果<br>キャンディー<br>kyandī |

從機場
到旅館

旅行
觀光

料理
飲食

購物
Shopping

數字
時間

介紹
問候

哈日
文化

藥品
急救

常用
字詞

附錄

| 請問，到 __ 怎麼走好呢？<br>すみませんが__へ行く道を教えて下さい<br>Sumimasen ga __ e iku michi o oshiete kudasai | 這附近有 __ 嗎？<br>この近くに __ がありますか<br>Kono chikaku ni __ ga arimasu ka |
|---|---|
| 請告訴我現在的位置。<br>現在位置を示して下しい<br>Genzai ichi o shimeshite kudasai | 請在這裡畫一個草圖。<br>ここに略図を書いて下さい<br>Koko ni ryakuzu o kaite kudasai |

三越百貨公司池袋店
三越池袋店

東武百貨公司池袋店
東武百貨店池袋店

丸井都會館池袋
マルイシティ池袋

大都會廣場購物中心
メトロポリタン
プラザ

太陽城
サンシャイン
シティ

池袋

東京藝術劇場

西口
東武百貨店

池袋駅

西武百貨店
PARCO

東口

三越百貨

東池袋公園

陽光城市

澀谷109
SHIBUYA 109

丸井都會館澀谷店
マルイシティ渋谷

澀谷LOFT
渋谷ロフト

澀谷PARCO
渋谷パルコ

丸井ONE澀谷店
マルイワン 渋谷

QFRONT
QFRONT

丸井青少年館澀谷店
マルイヤング 渋谷

司武百貨公司澀谷店
西武百貨店 渋谷店
→ P.19-21

東急百貨公司本店
東急百貨店本店

澀谷PARCO

澀谷PARCO

澀谷PARCO

澀谷LOFT

澀谷

西武百貨公司
澀谷店

西武百貨公司
澀谷店

東急百貨公司本店

Q FRONT

澀谷109

澀谷109

澀谷

三越百貨公司新宿店
新宿三越

丸井ONE新宿店
マルイワン新宿

伊勢丹百貨公司新宿店
伊勢丹新宿店

高島屋TIMES SQUARE
タカシマヤ タイムズスクェア

丸井生活雜貨館新宿店
マルイザッカ新宿

高島屋百貨公司新宿店
新宿タカシマヤ

東急手創館新宿店
東急ハンズ新宿店

丸井生活雜貨館
新宿店

新宿

MY CITY

三越百貨公司
新宿店

新宿三丁目

伊勢丹百貨公司
新宿店

新宿三丁目

新宿

東急手創館新宿店
高島屋TIMES SQUARE
高島屋百貨公司新宿店

MY CITY
MY CITY

丸井都會館新宿店
マルイシティ新宿

| 請問，到＿怎麼走好呢？ | 這附近有＿嗎？ |
|---|---|
| すみませんが＿へ行く道を教えて下さい | この近くに＿がありますか |
| Sumimasen ga ＿ e iku michi o oshiete kudasai | Kono chikaku ni-ga arimasu ka |
| 請告訴我現在的位置。 | 請在這裡畫一個草圖。 |
| 現在位置を示して下しい | ここに略図を書いて下さい |
| Genzai ichi o shimeshite kudasai | Koko ni ryakuzu o kaite kudasai |

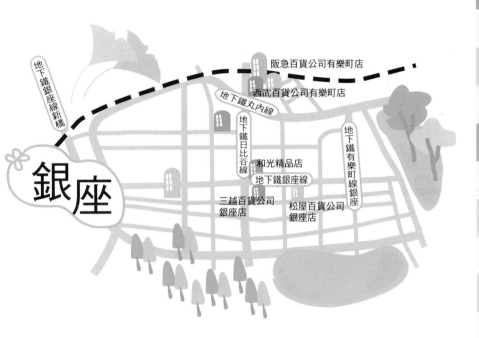

| 和光精品店 | 松坂屋百貨公司銀座店 | H2數寄屋橋阪急百貨公司 |
|---|---|---|
| 和光 | 銀座松坂屋 | H2 数寄屋橋阪急 |

| 春天百貨公司銀座店 | 三越百貨公司銀座店 | 西武百貨公司有樂町店 |
|---|---|---|
| プランタン銀座 | 銀座三越 | 有楽町西武 |
| | 松屋百貨公司銀座店 | 阪急百貨公司有樂町店 |
| | 松屋銀座 | 有楽町阪急 |

## 逛街購物

請給我看這個。
### これを見せてください
Kore o misete kudasai

請拿其他的給我看。
他のを見せてください
Hokano o misete kudasai

可不可用信用卡結帳？
クレジットカードでもいいですか
Kurejittokādo demo ī desu ka

有沒有更便宜的？
もっと安いのはありませんか
Motto yasui no wa arimasen ka

可以便宜一點兒嗎？
もう少し安くしてください
Mō sukoshi yasuku shite kudasai

請給我＿／我要買＿
＿ をください
＿ o kudasai

免稅價呢？
免税で買えますか
Menzei de kaemasu ka

不需要／不要買
結構です
Kekkō desu

這附近有沒有＿？ → P.40
この近くに＿がありますか
Kono chikaku ni ＿ ga arimasu ka

總共要多少錢呢？ → P.58
ぜんぶでいくらですか
Zenbu de ikura desu ka

＿在那裡呢？
＿ はどこですか
＿ wa doko desu ka

44

水果店
果物屋 → P.38
kudamonoya

藥房
薬屋 → P.80
kusuriya

花店
花屋
hanaya

書店
本屋
honya

小餐館
食堂 → P.26
shokudō

西餐廳
レストラン → P.26
resutoran

麵店
ラーメン屋 → P.31
rāmenya

麵包店
パン屋
panya

蛋糕店
 ケーキ屋
kēkiya

日式糕點店
和菓子屋
wagashiya

這附近有沒有 ___？ → P.40
この近くに___がありますか
Kono chikaku ni ___ ga arimasu ka

___ 在哪裡呢？
___ はどこですか
___ wa doko desu ka

柏青哥 パチンコ屋
pachinkoya

咖啡廳 喫茶店
kissaten

和服店 呉服屋
gofukuya

西服店 洋服屋 → P.52
yōfukuya

玩具 おもちゃ屋 → P.79
omochaya

陶瓷器店 瀬戸物屋
setomonoya

電器行 電気屋 → P.48
denkiya

唱片行 CD屋 → P.76
shidiya

文具店 文房具屋 → P.56
bunbōguya

皮包店 かばん屋
Kabanya

茶葉行 お茶屋
ochaya

壽司屋 寿司屋
sushiya → P.29

洗衣店 クリーニング屋
kurininguya

公共澡堂 風呂屋
huroya

醫院 病院
byōin → P.80

理髮店 床屋
tokoya

攝影器材店 カメラ屋
kameraya

眼鏡行 眼鏡屋
meganeya

鞋店 靴屋
kutsuya

鐘錶行 時計屋
tokeiya

## 電器製品

| 有__嗎？<br>__ はありますか<br>__wa arimasu ka | 我要這個<br>これがほしい<br>kore ga hoshī | 多少錢？<br>いくら<br>ikura |
| --- | --- | --- |

電風扇<br>扇風機<br>senpū ki

電視 テレビ<br>terebi

CD收錄音機<br>シーディーラジカセ<br>shidirazikase

搖控器 リモコン<br>rimokon

音響 ステレオ<br>sutereo

熨斗 アイロン<br>airon

吸塵器<br>掃除機<br>sōjiki

果汁機 ミキサ<br>mikisā

從機場
到旅館

旅行
觀光

料理
飲食

購物
Shopping

數字
時間

介紹
問候

哈日
文化

藥品
急救

常用
字詞

附錄

咖啡壺 コーヒーメーカー
kōhīmēkā

熱水瓶 ポット
potto

烤箱 オーブン
ōbun

日式暖爐桌 こたつ
kotatsu

暖爐 ヒーター
hītā

刮鬍刀 シェーバー
syēbā

電動牙刷
電気歯磨き器
denkihamigakiki

冷氣 クーラー
kūrā

電子鍋 炊飯器
suihanki

烘碗機 食器乾燥機
shokkikansōki

乾衣機
乾燥機
kansoki

洗衣機
洗濯機
sentakuki

吹風機 ドライヤー
doraiyā

微波爐
電子レンジ
denshirenji

冰箱
冷蔵庫
reizōko

ヨ機
ター
.tā

## 電腦用品

| 有＿嗎？<br>＿はありますか<br>＿wa arimasu ka | 我要這個<br>これがほしい<br>kore ga hoshī | 多少錢？<br>いくら<br>ikura |
| --- | --- | --- |

磁碟槽
フロッピーディスクドライブ
furoppidisukudoraibu

光筆
オプティカルペン
oputikarupen

光碟槽
ひかりディスクドライブ
hikaridisukudoraibu

筆記型電腦
ノートパソコン
nōtopasokon

光碟
ひかりディスク
hikaridisuku

硬碟
ハードディスク
hādodisuku

雷射印表機
レーザープリンター
rēzāpurintā

電源電線
電源コード
dengenkōdo

掃描器
スキャナー
sukyanā

網際網路
インターネット
intānetto

網頁
ホームページ
hōmupēji

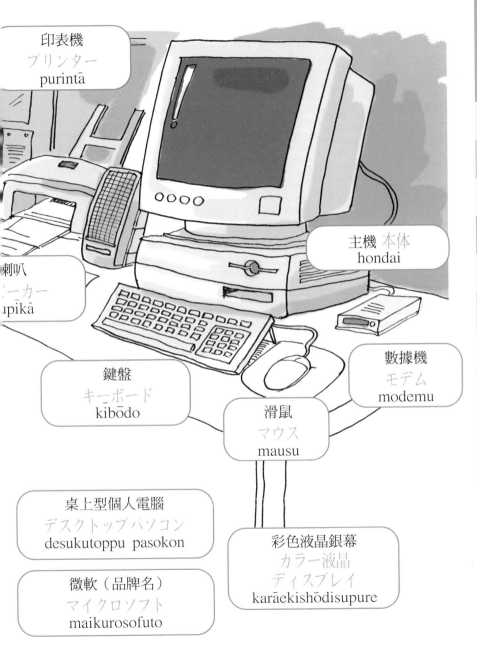

印表機
プリンター
purintā

刺叭
ーカー
ɪpikā

主機 本体
hondai

數據機
モデム
modemu

鍵盤
キーボード
kibōdo

滑鼠
マウス
mausu

桌上型個人電腦
デスクトップ パソコン
desukutoppu pasokon

彩色液晶銀幕
カラー液晶
ディスプレイ
karāekishōdisupure

微軟（品牌名）
マイクロソフト
maikurosofuto

請給我 ＿（顏色、尺寸等形容句）

＿ のをください
＿ no o kudasai

| 有＿嗎？<br>＿ はありますか<br>＿ wa arimasuka | 我要這個<br>これがほしい<br>kore ga hoshī | 好看<br>似合う<br>niau  |
| --- | --- | --- |
|  多少錢？<br>いくら<br>ikura<br>→ P.58 | | 不好看<br>似合わない<br>niawanai |
| | | 我不太喜歡 ＿<br>＿ のは好きじゃありません<br>＿ no wa suki ja arimasen |

**衣服 服 fuku**

| 大衣<br>オーバー<br>ōbā | 上衣<br>コート<br>kōto | 雨衣<br>レインコート<br>reinkōto |
| --- | --- | --- |
| 裙子<br>スカート<br>sukāto | 上衣<br>上着<br>uwagi | 褲子<br>ズボン<br>zubon |
| 襯衫<br>ワイシャツ<br>waishatsu | 領帶<br>ネクタイ<br>nekutai | polo衫<br>ポロシャツ<br>poroshatsu |

從機場
到旅館

旅行
觀光

料理
飲食

購物
Shopping

數字
時間

介紹
問候

哈日
文化

藥品
急救

常用
字詞

附錄

| 一套西服 | 連衣裙 | 毛衣 |
|---|---|---|
| 背広上下 | ワンピース | セーター |
| sebiro jōge | wanpīsu | sētā |
| 女褲 | 女套裝 | 罩衫 |
| スラックス | ツーピース | ブラウス |
| surakkusu | tsūpīsu | burausu |

**配件**

| 手套 | 帽子 | 短襪 |
|---|---|---|
| 手袋 | 帽子 | 靴下 |
| tebukuro | bōshi | kutsushita |
| 絲襪 | | T恤 |
| ストッキング | | Tシャツ |
| sutokkingu | | tī shatsu |
| 手帕／手巾 | 圍巾 | 皮帶 |
| ハンカチ | スカーフ | ベルト |
| hankachi | sukāfu | beruto |

**材質**

| 棉布 | 麻布 | 綢子 |
|---|---|---|
| もめん | 麻 | 絹 |
| momen | asa | kinu |
| 羊毛 | 尼龍 | 丙烯纖維 |
| ウール | ナイロン | アクリル |
| ūru | nairon | akuriru |

從機場
到旅館

旅行
觀光

料理
飲食

購物
Shopping

數字
時間

介紹
問候

哈日
文化

藥品
急救

常用
字詞

附錄

## 顏色

| 黑色 黒い kuro(-i) | 紅色 赤（い）aka(-i) | 綠色 緑 midori |
|---|---|---|
| 白色 白い shiro(-i) | 粉紅色 ピンク pinku | 紫色 紫 murasaki |
| 灰色 グレー gurē | 橙色 オレンジ orenji | 褐色 茶色（い）chairo(-i) |
| 藍色 青（い）ao(-i) | 黃色 黃色（い）kiiro(-i) | |

## 形容詞

| 深／淡 濃い／薄い koi/usui | 重／輕 重い／輕い omoi/karui | 粗／細 太い／細い futoi/hosoi |
|---|---|---|
| 大／小 大きい／小さい ōkii/chīsai | 長／短 長い／短い nagai/mijikai | 新／舊 新しい／古い atarashii/furui |
| 貴／便宜 高い／安い takai/yasui | 厚／薄 厚い／薄い atsui/usui | 圓的／方的 丸い／四角い marui/shikakui |

哪裡有賣＿＿
＿＿ はどこに
うっていますか
＿＿ wa doko ni uetteimasu ka

歡迎光臨
いらっしゃいませ
irasshaimase

可以試試看嗎
ためしてもいいですか
Tameshitemo ii desu ka

＿＿有嗎？
＿＿ はありますか
＿＿ wa arimasu ka

＿＿折
＿＿がけ
＿＿gake

打折
わりびき
waribiki

| 保證書 | 要／不要 | 貴／便宜 |
|---|---|---|
| 保証書 | いります／いらない | 高い／安い |
| hōshōsho | irimasu／iranai | takai／yasui |
| 說明書 | 收銀台 | 退貨 |
| 說明書 | レジカウンタ  | 返品 |
| setsumeisho | rejikauntā | henpin |
| 賣完了 | 買一送一 | |
| 売り切れ | （１つかったら）１つおまけ | |
| urikire | (hitotsu kattara) hitotsu omake | |

# 文具

從機場
到旅館

旅行
觀光

料理
飲食

購物
Shopping

數字
時間

介紹
問候

哈日
文化

藥品
急救

常用
字詞

附錄

迴紋針；夾子
クリップ
kurippu

手冊；記事簿
手帳
techō

筆記本
ノート
nōto

鉛筆
鉛筆
enpitsu

原子筆
ボールペン
bōrupen

美工刀
カッター
kattā

蠟筆
クレヨン
kureyon

膠黏紙帶
ガムテープ
gamutēpu

打洞機
パンチ
panchi

信箋
便箋
binsen

信封
封筒
fūtō

便利貼
ポストイット
posutoitto

從機場
到旅館

旅行
觀光

料理
飲食

購物
Shopping

數字
時間

介紹
問候

哈日
文化

藥品
急救

常用
字詞

附錄

立可白；修正液
修正液
shūseieki

膠帶
セロテープ
serotēpu

電子計算機
電卓
dentaku

印泥
朱肉
shuniku

剪刀
はさみ
hasami

捲尺
メジャー
mejā

檔案夾
ファイル
fairu

尺
物差し
monosashi

釘書機
ホッチキス
hochikisu

三角板
三角定規
sankakujōgi

棒狀膠水
スティックのり
sutikkunori

量角器
分度器
bundōki

備忘用紙
メモようし
memoyōshi

橡皮擦
消しゴム
keshigomu

從機場
到旅館

旅行
觀光

料理
飲食

購物
Shopping

數字
時間

介紹
問候

哈日
文化

藥品
急救

常用
字詞

附錄

| 誰？ | 為什麼？ | 哪兒？ |
|---|---|---|
| 誰<br>Dare | 何故<br>Naze | どこ<br>Doko |
| 幾點鐘？ | 怎樣？ | 什麼？ |
| 何時に<br>Nanji ni | どの様に<br>Do no yō ni | 何<br>Nani |

| 多遠？ | 多久？／多長？ | 多少？ |
|---|---|---|
| どのくらい<br>（距離）<br>Donokurai | どのくらい<br>（時間・長さ）<br>Donokurai | どのくらい<br>（数・量）<br>Donokurai |
| 多少錢？ | 哪個？ | ＿有嗎？ |
| いくら<br>ikura | どちら（選択）<br>Dochira | ＿がありますか<br>＿ ga arimasu ka |

| 我丟失了＿ | 我在找 ＿ |
|---|---|
| ＿を失くしました<br>＿ o nakushimashita | ＿を探しています<br>＿ o sagashite imasu |

問誰好呢？
誰に聞けばいいのですか
Dare ni kikeba iinodesu ka

★切記新台幣在日本不能在當地直接兌換，必須先在台灣換成美金、港幣或是英鎊等國際貨幣，其兌換的數量上並無限制，而匯率則和市區相同。

| 1<br>いち<br>ichi | 2<br>に<br>ni | 3<br>さん<br>san | 4<br>し・よ・よん<br>shi, yo, yon | 5<br>ご<br>go | 6<br>ろく<br>roku |
|---|---|---|---|---|---|
| 7<br>なな・しち<br>nana, shichi | | 8<br>はち<br>hachi | 9<br>きゅう・く<br>kyū, ku | 10<br>じゅう<br>jū | 11<br>じゅういち<br>jū-ichi |

| 12<br>じゅうに<br>jū-ni | 13<br>じゅうさん<br>jū-san | 14<br>じゅうし・じゅうよん<br>jū-shi, ju-yon | 15<br>じゅうご<br>jū-go |
|---|---|---|---|
| 16<br>じゅうろく<br>ju-roku | 17<br>じゅうなな・じゅうしち<br>jū-nana, jū-shichi | 18<br>じゅうはち<br>jū-hachi | 19<br>じゅうきゅう・じゅうく<br>jū-kyu, jū-ku |
| 20<br>にじゅう<br>ni-jū | 30<br>さんじゅう<br>san-jū | 40<br>よんじゅう・しじゅう<br>yon-jū, shi-jū | 50<br>ごじゅう<br>go-jū |
| 60<br>ろくじゅう<br>roku-jū | 70<br>ななじゅう・しちじゅう<br>nana-jū, shichi-jū | 80<br>はちじゅう<br>hachi-jū | 90<br>きゅうじゅう<br>kyū-jū |

| 日圓<br>日本円<br>nihonen | 美金<br>ドル<br>doru | 台幣<br>台湾元<br>taiwangen | 個<br>個<br>ko | 號<br>番<br>ban |
|---|---|---|---|---|
| 杯<br>杯<br>hai・pai・bai | 位<br>人<br>nin | 件<br>着<br>chaku | 包<br>箱<br>hako・ppako | 次<br>回<br>kai |

★日幣的紙鈔有1萬圓、5千圓、2千圓及1千圓；而硬幣則有500圓、100圓、10圓、5圓及1圓。

| 100 ひゃく（百） hyaku | 200 にひゃく ni-hyaku | 300 さんびゃく san-byaku | 400 よんひゃく yon-hyaku |
|---|---|---|---|
| 500 ごひゃく go-hyaku | 600 ろっぴゃく ro-ppyaku | 700 ななひゃく nana-hyaku | 800 はっぴゃく ha-ppyaku |
| 900 きゅうひゃく kyū-hyaku | 1,000 せん（千） sen | 2,000 にせん ni-sen | 3,000 さんぜん san-zen |
| 4,000 よんせん yon-sen | 5,000 ごせん go-sen | 6,000 ろくせん roku-sen | 7,000 ななせん nana-sen |
| 8,000 はっせん ha-ssen | 9,000 きゅうせん kyū-sen | 10,000 まん（万）・いちまん man,ichi-man | 100,000 じゅうまん jū-man |
| 1,000,000 ひゃくまん hyaku-man | 10,000,000 せんまん・いっせんまん sen-man, issen-man | 100,000,000 おく（億）・いちおく oku,ichi-oku | 1,000,000,000 じゅうおく jū-oku |

| 天 日 nichi | 個月 か月 kagetsu | 年 年 nen | 時 時間 jikan | 公尺 m mētoru |
|---|---|---|---|---|
| 公分 cm senchi | 公斤 kg kiro | 公克 g guramu | 公升 ℓ littoru | 公里 km kiro |

# 年號對照

| 年號對照 西曆と日本の年號對照 | | | | | |
|---|---|---|---|---|---|
| 西曆 | 年號 | 西曆 | 年號 | 西曆 | 年號 |
| 1900 | 明治33 | 1937 | 12 | 1974 | 49 |
| 1901 | 34 | 1938 | 13 | 1975 | 50 |
| 1902 | 35 | 1939 | 14 | 1976 | 51 |
| 1903 | 36 | 1940 | 15 | 1977 | 52 |
| 1904 | 37 | 1941 | 16 | 1978 | 53 |
| 1905 | 38 | 1942 | 17 | 1979 | 54 |
| 1906 | 39 | 1943 | 18 | 1980 | 55 |
| 1907 | 40 | 1944 | 19 | 1981 | 56 |
| 1908 | 41 | 1945 | 20 | 1982 | 57 |
| 1909 | 42 | 1946 | 21 | 1983 | 58 |
| 1910 | 43 | 1947 | 22 | 1984 | 59 |
| 1911 | 44 | 1948 | 23 | 1985 | 60 |
| 1912 | 大正1 | 1949 | 24 | 1986 | 61 |
| 1913 | 2 | 1950 | 25 | 1987 | 62 |
| 1914 | 3 | 1951 | 26 | 1988 | 63 |
| 1915 | 4 | 1952 | 27 | 1989 | 平成1 |
| 1916 | 5 | 1953 | 28 | 1990 | 2 |
| 1917 | 6 | 1954 | 29 | 1991 | 3 |
| 1918 | 7 | 1955 | 30 | 1992 | 4 |
| 1919 | 8 | 1956 | 31 | 1993 | 5 |
| 1920 | 9 | 1957 | 32 | 1994 | 6 |
| 1921 | 10 | 1958 | 33 | 1995 | 7 |
| 1922 | 11 | 1959 | 34 | 1996 | 8 |
| 1923 | 12 | 1960 | 35 | 1997 | 9 |
| 1924 | 13 | 1961 | 36 | 1998 | 10 |
| 1925 | 14 | 1962 | 37 | 1999 | 11 |
| 1926 | 昭和1 | 1963 | 38 | 2000 | 12 |
| 1927 | 2 | 1964 | 39 | 2001 | 13 |
| 1928 | 3 | 1965 | 40 | 2002 | 14 |
| 1929 | 4 | 1966 | 41 | 2003 | 15 |
| 1930 | 5 | 1967 | 42 | 2004 | 16 |
| 1931 | 6 | 1968 | 43 | 2005 | 17 |
| 1932 | 7 | 1969 | 44 | 2006 | 18 |
| 1933 | 8 | 1970 | 45 | 2007 | 19 |
| 1934 | 9 | 1971 | 46 | 2008 | 20 |
| 1935 | 10 | 1972 | 47 | 2009 | 21 |
| 1936 | 11 | 1973 | 48 | 2010 | 22 |

# 年月季節

| 前天<br>おととい<br>ototoi | 上星期<br>先週<br>senshū | 這個月<br>今月<br>kongetsu |
|---|---|---|
| 昨天<br>昨日<br>kinō | 這星期<br>今週<br>konshū | 下個月<br>来月<br>raigetsu |
| 今天<br>今日<br>kyō | 下星期<br>来週<br>raishū | 後年<br>再来年<br>sarainen |
| 明日<br>明日<br>ashita | 下下星期<br>再来週<br>saraishū | 去年<br>去年<br>kyonen |
| 後天<br>明後日<br>asatte | 上個月<br>先月<br>sengetsu | 今年<br>今年<br>kotoshi |

| 明年<br>来年<br>rainen | 前年<br>おととし<br>ototoshi |
|---|---|

| 氣候<br>気候<br>kikō | ➡ | 炎熱<br>暑い<br>atsui | 溫暖<br>暖かい<br>atatakai |
|---|---|---|---|
| | | 涼爽<br>涼しい<br>suzushii | 寒冷<br>寒い<br>samui |

★日本的氣候在春天雖然氣溫已有些回升，但仍頗有寒意，有時仍在攝氏十度以下；而夏天甚為悶熱，攝氏三十度以上的日子不少，請多注意防曬問題；秋天是一個最適合旅行的季節，涼爽怡人；冬天則溫度較低，請一定要記得帶禦寒的衣物。

# 月（月分）

| 幾月？ | |
|---|---|
| 何月 | ➡ ____ |
| nangatsu | |

| 幾日（幾號）？ | |
|---|---|
| 何日 | ➡ ____ |
| nannichi | |

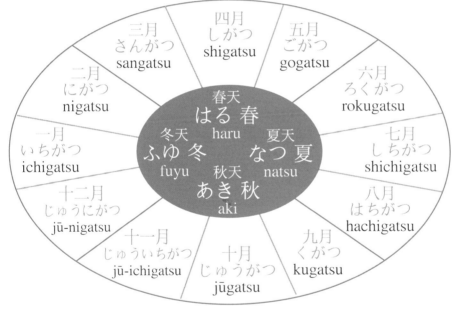

三月
さんがつ
sangatsu

四月
しがつ
shigatsu

五月
ごがつ
gogatsu

二月
にがつ
nigatsu

六月
ろくがつ
rokugatsu

一月
いちがつ
ichigatsu

春天
はる 春
haru

冬天
ふゆ 冬
fuyu

夏天
なつ 夏
natsu

秋天
あき 秋
aki

七月
しちがつ
shichigatsu

十二月
じゅうにがつ
jū-nigatsu

八月
はちがつ
hachigatsu

十一月
じゅういちがつ
jū-ichigatsu

十月
じゅうがつ
jūgatsu

九月
くがつ
kugatsu

| 天氣 | |
|---|---|
| 天気 ➡ | |
| tenki | |

| 晴天 晴れ hare  | 陰天 曇り kumori |
|---|---|
|  下雪 雪 yuki | 下雨 雨 ame |

從機場
到旅館

旅行
觀光

料理
飲食

購物
Shopping

數字
時間

介紹
問候

哈日
文化

藥品
急救

常用
字詞

附錄

星期幾？
何曜日
nanyōbi

星期三
水曜日
suiyōbi

星期日
日曜日
nichiyōbi

星期四
木曜日
mokuyōbi

星期一
月曜日
getsuyōbi

星期五
日曜日
kinyōbi

星期二
火曜日
kayōbi

星期六
土曜日
doyōbi

| 1分鐘<br>いっぷん<br>ippun | 2分鐘<br>にふん<br>nifun | 3分鐘<br>さんぷん<br>sanpun |
|---|---|---|
| 4分鐘<br>よんぷん<br>yonpun | 5分鐘<br>ごふん<br>gofun | 6分鐘<br>ろっぷん<br>roppun |
| 7分鐘<br>ななふん<br>nanafun | 8分鐘<br>はっぷん、はちふん<br>happun、hachifun | 9分鐘<br>きゅうふん<br>kyūfun |
| 10分鐘<br>じゅっぷん・じっぷん<br>juppun、jippun | 15分鐘<br>じゅうごふん<br>jūgofun | 30分鐘<br>さんじゅっぷん<br>sanjūppun |

現在幾點鐘？
いま何時ですか
Ima nanji desuka

要花多少時間？
どのくらいかかりますか
Donokurai kakarimasu ka

幾點鐘出發？
何時に出発しますか
Nanji ni shuppatsu shimasu ka

請在__叫我起來
__時に起こしてください
__ jini okoshite kudasai

幾點鐘到達？
何時に着きますか
Nanji ni tsukimasu ka

__見面吧！
__ 時に会いましょう
__ji ni aimashō

何時
なんじ
nanji

幾分
なんぷん
nanpun

半
はん
han

じゅうにじ jūniji
じゅういちじ jūichiji
いちじ ichiji
にじ niji
じゅうじ jūji
さんじ sanji
くじ kuji
よじ yoji
はちじ hachiji
しちじ shichiji
ろくじ rokuji
ごじ goji

★東京和台北的時間差為一個小時，而公家機關與企業公司行號則為週休二日，郵局亦為週休二日，過年期間幾乎所有的店家都不營業。

我叫＿＿＿＿＿
私は＿＿＿＿＿と申します
Watashi wa ＿＿＿ to moushimasu

請問貴姓？
お名前はなんですか
Onamae wa nandesuka

我是台灣人。
私は台湾人です
Watashi wa taiwanjin desu

您去過台灣嗎？
あなたは台湾に行ったことがありますか
Anata wa taiwan ni itta koto ga arimasu ka

| 父親 ちち chchi | 哥哥 あに ani |
| --- | --- |

| 兒子 むすこ musuko | 母親 はは haha | 姐姐 あね ane |
| --- | --- | --- |

| 妻子 かない kanai | 小孩 こども kodomo | 弟弟 おとうと otouto |
| --- | --- | --- |

| 女兒 むすめ musume | 丈夫 しゅじん shujin | 妹妹 いもうと imouto |
| --- | --- | --- |

我來自台灣的 ___
# 私は台湾の＿から きました
Watashi wa taiwan no
___ kara kimashita

| | |
|---|---|
| 1.台北市 | taihokushi |
| 2.高雄市 | takaoshi |
| 3.台北縣 | taihokuken |
| 4.桃園縣 | tōenken |
| 5.新竹縣 | shinchikuken |
| 6.苗栗縣 | byoriken |
| 7.台中縣 | taichūken |
| 8.彰化縣 | shōkaken |
| 9.南投縣 | nantōken |
| 10.雲林縣 | unrinken |
| 11.嘉義縣 | kagiken |
| 12.台南縣 | tainanken |
| 13.高雄縣 | takaoken |
| 14.屏東縣 | heitōken |
| 15.澎湖縣 | bōkoken |
| 16.金門縣 | kinmonken |
| 17.連江縣 | renkōken |
| 18.宜蘭縣 | giranken |
| 19.花蓮縣 | karenken |
| 20.台東縣 | taitōken |

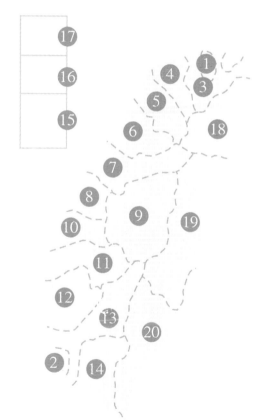

從機場
到旅館

旅行
觀光

料理
飲食

購物
Shopping

數字
時間

介紹
問候

哈日
文化

藥品
急救

常用
字詞

附錄

職業
しょくぎょう
Shokugyō

公司職員
会社員
kaishain

老師
先生
sensei

學生
学生
gakusei

公司老闆
会社經営
kaishakeiei

家庭主婦
(專業) 主婦
sengyō shufu

薪水階級
サラリーマン
sarariman

畫家
画家
gaka

實業家、事務員
ビジネスマン
bizinesuman

店主人、老闆
店主
tenshu

律師
弁護士
bengoshi

銀行職員
銀行員
ginkōin

家務
家事手伝い
kajitetsudai

美容師
美容師
biyōshi

秘書
秘書
hisho

廚師
コック
kokku

職業婦女
O.L.（オーエル）
oeru

飛行員
パイロット
pairotto

店員
店員
tenyin

木匠
大工
daiku

設計師
設計士
sekkeishi

理髪師
理容師
riyōshi

警察
警察官
keisatsukan

醫生
医者
isha

公務員
公務員
Kōmuin

嗜好
趣味
shumi

消防員
消防士
shōbōshi

網球
テニス

tenisu

棒球
野球

yakyū

游泳
水泳
suiei

音樂
音楽
ongaku

登山
山登り
yamanobori

旅行
旅行
ryokō

乒乓球
ピンポン
pinpon

我的
私の
watashi no

星座
せいざ
seiza

牡羊座3/21〜4/20
牡羊座
hitsujiza

天秤座9/24〜10/23
天秤座
tenbinza

金牛座4/21〜5/21
牡牛座
ushiza

天蠍座10/24〜11/22
さそり座
sasoriza

雙子座5/22〜6/21
双子座
futagoza

射手座11/23〜12/21
射手座
iteza

巨蟹座6-22〜7/22
蟹座
kaniza

山羊座12/22〜1/20
山羊座
yagiza

獅子座7/23〜8/23
獅子座
shishiza

水瓶座1/21〜2/18
水瓶座
mizugameza

處女座8/24〜9/23
乙女座
otomeza

雙魚座2/19〜3/20
魚座
uoza

有
あります
arimasu

這位
このかた
konokata

是
はい
hai

不是
いいえ
iie

那位
あのかた
anokata

我
わたし
watashi

你
あなた
anata

他
かれ
kare

分居
別居
bekkyo

和好
仲直り
nakanaori

談戀愛
ラブラブ
raburabu

結婚
結婚してる
kekkonshiteru

離婚
離婚
rikon

單身
独身
dokushin

71

| | | |
|---|---|---|
| 分手<br>別れた<br>wakareta | 約會<br>つきあってる<br>tsukiatteru | 訂婚<br>婚約してる<br>konyakushiteru |
| 不合<br>不釣合い<br>hutsuriai | 談得來<br>お似合い<br>oniai | 吵架<br>ケンカ<br>kenka |

朋友
友達
tomodachi

好朋友
親友
shinyuu

男朋友
彼氏
kareshi

夫妻同住
同居
dōkyo

女朋友
彼女
kanojo

獨居
一人暮らし
hitorigurashi

情人
愛人
aijin

鄰居
近所の人
kinjonohito

幼時朋友
幼なじみ
osananajimi

同事
同僚
dōryō

從機場到旅館

旅行觀光

料理飲食

購物 Shopping

數字時間

介紹問候

哈日文化

藥品急救

常用字詞

附錄

| 我們何時見面?  | 你的行程如何? |
|---|---|
| 何時にする<br>→ P.64 Nanjini suru | あなたのスケジュルは<br>Anata no sukejuru wa  |

| 請寫下來 | 星期幾? → P.64 |
|---|---|
| 書いて下さい<br>Kaite kudasai | 何曜日<br>Nan yōbi |

| 幾月幾日? → P.61 | 幾點? → P.64 | 在哪裡? |
|---|---|---|
| 何月何日<br>Nangatsu nannichi | 何時 <br>Nanji | どこで<br>Dokode |

| 平時 | 休假 | 國定假日 | 週末 | 連休 | 生日 |
|---|---|---|---|---|---|
| 平日<br>heijitsu | 休日<br>kyūjitsu | 祝日<br>shukujitsu | 週末<br>shūmatsu | 連休<br>renkyū | 誕生日<br>tanjōbi |

| 十二生肖 | 屬什麼生肖? | 你幾歲? |
|---|---|---|
| 十二支<br>jūnishi | 何年ですか?<br>nanidoshi desuka | おいくつ?<br>oikutsu |

|  鼠<br>子<br>nezumi | 牛<br>丑<br>ushi | 虎<br>寅<br>tora | 兔<br>卯<br>usagi |
|---|---|---|---|
|  龍<br>辰<br>tatsu |  蛇<br>巳<br>mi(hebi) | 馬<br>午<br>uma | 羊<br>未<br>hitsuji |
|  猴<br>申<br>saru |  雞<br>酉<br>tori | 狗<br>戌<br>inu |  豬<br>亥<br>inoshishi |

# 傳統文化

我對日本的 _____ 有興趣。
私は日本の _____ に興味があります
Watashi wa nihon no _ ni kyōmi ga arimasu

劍道
劍道
kendō

柔道
柔道
judō

相撲
相撲
sumō

歌舞伎
歌舞伎
kabuki

日式木屐
げた
geta

浮世繪
浮世繪
ukiyoe

日本人偶劇
文楽
bunraku

日本假面劇
能
nō

從機場
到旅館

旅行
觀光

料理
飲食

購物
Shopping

數字
時間

介紹
問候

哈日
文化

藥品
急救

常用
字詞

附錄

榻榻米
畳
tatami

放風箏
凧上げ
takoage

護身符
おまもり
omamori

卡拉OK
カラオケ
karaoke

日本娃娃
人形
ningyō

日式折紙
折り紙
origami

招財貓
招き猫
maneki-neko

日本不倒翁
だるま
daruma

和服
着物
kimono

武士
さむらい
samurai

神社
神社
zin ja

祭典
お祭り
omatsuri

廟會
縁日
ennichi

俳句
俳句
haiku

賞櫻
花見
hanami

花道
生け花
ikebana

茶道
茶道
sadō

75

# 日本のタレント
# 日本的演藝人員

| |
|---|
| TOKIO |
| THE YELLOW MONKEY |
| SMAP |
| Kinki Kids |
| V6 |
| Mr. Children |
| CHAGE & ASKA |
| GLAY |
| T. M. Revolution |
| L'Arc-en-Ciel |

我是 _ 的歌迷

私は _ のファンてす

Watashi wa _ no fan desu

我想買 _ 的CD。

私は _ のCDを買いたいです

Watashi wa _ No CD oka itaide su

_ 的演唱會在哪裡？

_ のコンサートはどこですか

_ no konsāto wa dokodesuka

| | |
|---|---|
| TUBE（チューブ） | サッズ　SADS |
| Do-As Infinity　大無限樂團 | コブクロ　KOBUKURO |
| キンキキッズ　近畿小子 Kinki Kids | スピッツ　SPITZ |
| | SHELA　榭拉 |
| 山崎まさとし　山崎將義 | MUSE　隨想詩神合唱團 |
| 島谷ひとみ　島谷瞳 | TOKIO　東京小子 |
| 藤井フミヤ　藤井郁彌 | 松浦亜弥　松浦亞彌 |
| ソナタ・アークティカ 極光奏鳴曲合唱團 | シュガー・レイ甜蜜射線樂團 |
| | 宇多田ヒカル　宇多田光 |
| | 浜崎あゆみ　濱崎步 |

# 女明星

| | |
|---|---|
| 安室奈美恵 | 松嶋菜菜子 |
| 観月ありさ<br>（觀月亞里沙） | 今井美樹 |
| 大黒摩季 | 松 たか子<br>（松 隆子） |
| 藤原紀香 | 飯島直子 |

| | | |
|---|---|---|
| ともさかりえ<br>（友坂理惠） | 柴咲 こう<br>（柴崎 幸） | 中島みゆき<br>（中島美雪） |
| 竹内結子 | 深田恭子 | 小泉今日子 |
| 山口智子 | 矢田亞希子 | 江角マキ子<br>（江角真紀子） |
| 米倉涼子 | 中山美穂 | 工藤静香 |
| 黒木 瞳 | 松任谷由実 | 酒井法子 |

# 男明星

| | |
|---|---|
| 木村拓哉 | 平井　堅 |
| 織田裕二 | 室京介 |
| 伊藤英明 | 福山雅治 |
| 坂本龍一 | 槙原敬之 |

| | | |
|---|---|---|
| 坂口憲二 | 久保田利伸 | 反町隆史 |
| 近藤真彦 | 武田真治 | 竹野内豊 |
| 郷ひろみ<br>（郷廣美） | 玉置浩二 | 江口洋介 |
| 西城秀樹 | 瀧沢秀明 | 唐澤寿明 |
| 田村正和 | 真田広之 | 藤木直人 |

# 日本的卡通人物

史努比
スヌーピー
Snoopy

凱蒂貓
ハローキティ
Hello kitty

哆啦A夢
ドラえもん
doraemon

Momo熊
モモ
post pet

米菲兔
ミッフィー
miffy

維尼熊
くまのプーさん
winnie the pooh

企鵝
ピングー
pingu

烤焦麵包
こげぱん
kogepan

皮卡丘
ピカチュウ
pikachū

趴趴熊
たれぱんだ
tare panda

布丁狗
ポムポムプリン
pom pom purin

請教我。
教えて下さい
oshiete kudasai

目前的日本
今の日本
ima no nihon

流行
流行
ryuūkō

卡通
アニメ
anime

漫畫
マンガ
manga

大頭貼
プリクラ
purikura

日式英語
日本人の英語
nihonjinno eigo

仿西方文化
欧米のマネ
ōbē no mane

需要包裝。
包んで下さい
tsutsunde kudasai

當作送人的禮物。
プレゼント用です
purezentoyō desu

請不要弄壞了。
壊れないように
kowarenaiyōni

從機場
到旅館

旅行
觀光

料理
飲食

購物
Shopping

數字
時間

介紹
問候

哈日
文化

藥品
急救

常用
字詞

附錄

| 在哪裡？<br>どこ<br>doko | 藥局<br>薬局<br>yakkyoku | 醫院<br>病院<br>byōin |
|---|---|---|

| | 很痛<br>痛い<br>itai | 持續性的疼痛<br>ずっと痛い<br>zutto itai |
|---|---|---|
| 偶爾性的疼痛<br>時々痛い<br>tokidoki itai | 劇烈性的疼痛<br>鋭い痛み<br>surudoi itami | 隱隱疼痛<br>鈍い痛み<br>nibui itami |

| 洗潔劑<br>洗剤<br>senzai | 肥皂<br>石鹸<br>sekken | 毛巾<br>タオル<br>taoru | 刮鬍刀<br>カミソリ<br>kamisori |
|---|---|---|---|
| 男用／女用<br>男性用／女性用<br>danseiyō/ joseiyō | | 牙刷<br>歯ブラシ<br>haburashi | 牙膏<br>歯みがき<br>hamigaki |
| 面紙<br>テイッシユ<br>tisshu | 衛生紙<br>トイレットペーパ<br>toirettopēpā | | 指甲刀<br>つめ切り<br>tsumekiri |
| 洗髮精<br>シャンフー<br>shampū | 綿花棒<br>綿棒<br>menbō | 拖鞋<br>スリッパ<br>surippa | 香水<br>香水<br>kōsui |
| 化粧品<br>化粧品<br>keshōhin | 衛生棉<br>生理用品<br>seyi yōhin | 保險套<br>コンドーム<br>kondōmu | 髮梳<br>ヘアブラシ<br>heaburashi |

從機場
到旅館

旅行
觀光

料理
飲食

購物
Shopping

數字
時間

介紹
問候

哈日
文化

藥品
急救

常用
字詞

附錄

| | | |
|---|---|---|
| 眼睛／目<br>me | 頭部／頭 atama | 鼻子／鼻<br>hana |
| 肩膀／肩<br>kata | 耳朵／耳 mimi | 膀子／首<br>kubi |
| 牙齒／歯<br>ha | | 手臂／腕<br>ude |
| 舌頭／舌<br>shita | | 喉嚨／喉<br>nodo |
| 乳房／乳房<br>chibusa | | 胸部／胸<br>mune |
| 手肘／ひじ<br>hiji | | 肋骨／あばら<br>abara |
| 背部／背中<br>senaka | | 腰部／腰<br>koshi |
| 腹部・胃部／おなか<br>onaka | | 屁股／おしり<br>oshiri |
| 手腕／手首<br>tekubi | | 手／手<br>te |
| 肛門／肛門<br>kōmon | | 手指／指<br>yubi |
| 大腿／太もも<br>futomomo | | 小腿／すね<br>sune |
| 膝蓋／ひざ<br>hiza | 足踝／足首 ashikubi | 腳／あし<br>ashi |
| 腳／足<br>ashi | 腳趾／つま先 tsumasaki | 生殖器／性器<br>seikī |

81

從機場
到旅館

旅行
觀光

料理
飲食

購物
Shopping

數字
時間

介紹
問候

哈日
文化

藥品
急救

常用
字詞

附錄

| 痛<br>痛い<br>itai | 一陣一陣的痛<br>ずきずきといたい<br>zukizukito itai | 骨折<br>こっせつ<br>kossetsu | 扭傷<br>捻挫<br>nenza |
|---|---|---|---|

一天吃＿次
**1日＿回**
ichinichi_kai

| 每天<br>每日<br>mainichi | 隔一天<br>一日おき<br>ichinichioki | 每天二次<br>一日二回<br>ichinichi nikai |
|---|---|---|
| 每天三次<br>一日三回<br>ichinichi sankai | 每天四次<br>一日四回<br>ichinichi yonkai | 飯前<br>食前<br>shokuzen |
| 飯後<br>食後<br>shokugo | 臨睡前<br>就寝前<br>shūshinmae | 外用藥<br>外用<br>gaiyō |

我的血型是＿型
**私の血液型
は＿です**
Watashi no
ketsuekigata wa
＿desu

| A<br>エイ<br>ei |
|---|
| B<br>ビー<br>bi |
| O<br>オー<br>o |
| AB<br>エービー<br>ebi |

| 有會講中文的醫生嗎<br>中国語ができる<br>お医者さんはいますか<br>Chukokugo ga dekiro oishasan wa imasu ka | 可以使用海外保險嗎<br>海外の保険 は<br>使えますか<br>Kaigai no hooken wa tsukaemasu ka |
|---|---|
| 請給我診斷書<br>診断書を下さい<br>Shindansho o kudasai | 多長時間能治好<br>どのくらいでなおりますか<br>Donogurai de naorimasu ka |
| 這個藥會不會引起副作用<br>この薬は副作用 は<br>ありませんか<br>Konokusuri wa fukusayo wa arimasen ka | 請保重<br>おだいじに<br>Odaijini |

感冒、著涼
風邪
kaze

感冒藥
風邪薬
kazegusuri

咳嗽
咳
seki

鎮咳薬
咳止め
sekidome

頭疼
頭痛
zutsū

頭疼藥
頭痛薬
zutsūyaku

下痢、拉肚子
下痢
geri

治下痢藥、止瀉藥
下痢止め
geridome

便秘
便秘
benpi

瀉藥
下剤
gezai

消毒劑
消毒薬
shōdokuyaku

維生素C
ビタミンC
bitamin C

阿司匹靈藥片
アスピリン
asupirin

胃藥
胃薬
igusuri

安眠藥
睡眠薬
suiminyaku

止疼藥
痛み止め
itamidome

漱口劑
**うがい薬**
ugaigusuri

點眼藥
**目薬**
megusuri

體溫計
**体温計**
taionkei

藥用貼布
**絆創膏**
bansōkō

醫生
**先生**
sense

護士
**看護婦(さん)**
kangofu(san)

| 問診 | 治療 | 打針 | 診斷 |
|---|---|---|---|
| **診察**<br>shinsatsu | **治療**<br>chiryō | **注射**<br>chūsha | **診断**<br>shindan |
| X光 | 住院 | 點滴 | 麻醉 |
| **レントゲン**<br>rentogen | **入院**<br>nyūin | **点滴**<br>tenteki | **麻酔**<br>masui |
| 開刀 | 處方籤箋 | 藥局 | 保險 |
| **手術**<br>shujutsu | **処方箋**<br>shohōsen | **薬局**<br>yakukyoku | **保険**<br>hoken |

從機場
到旅館

旅行
觀光

料理
飲食

購物
Shopping

數字
時間

介紹
問候

哈日
文化

藥品
急救

常用
字詞

附錄

| 內科 | 外科 | 整型外科 | 齒科 |
|---|---|---|---|
| 内科 | 外科 | 整型外科 | 歯科 |
| naika | geka | seikeigeka | shika |
| 婦產科 | 小兒科 | 精神科 | 耳鼻喉科 |
| 産婦人科 | 小児科 | 精神科 | 耳鼻科 |
| sanfujinka | shōnika | seishinka | jibika |
| 性病科 | 泌尿科 | 皮膚科 | 眼科 |
| 性病科 | 泌尿器科 | 皮膚科 | 眼科 |
| seibyōka | hinyōkika | hifuka | ganka |

| | 頭痛 | 腹痛 | 牙痛 |
|---|---|---|---|
| | 頭痛 | 腹痛 | 歯が痛い |
| | zutsū | fukutsū | hagaitai |
| 噁心 | 暈車 | 流鼻水 | 花粉症 |
| 吐き気 | 乗り物酔い | 鼻水 | 花粉症 |
| hakike | norimonoyoi | hanamizu | kafunshō |
| 發燒 | 便秘 | 消化不良 | 拉肚子 |
| 熱 | 便秘 | 消化不良 | 下痢 |
| netsu | bempi | shōkafuryō | geri |
| 腰痛 | 生理痛 | 被蟲咬傷 | 割傷 |
| 腰痛 | 生理痛 | 虫さされ | 切り傷 |
| yōtsū | sēri-tsū | mushisasare | kirikizu |
| 燒傷 | 燙燒 | 肩膀酸痛 | 撞傷 |
| すり傷 | やけど | 肩こり | 打ち身 |
| surikizu | yakedo | katakori | uchimi |
| 肌肉酸痛 | 疲勞 | 眼睛疲勞 | 頭昏眼花 |
| 筋肉痛 | 疲労 | 眼のつかれ | めまい |
| kinnikutsū | hirō | me no tsukare | memai |

非常
**とても**
totemo

有一點
**ちょっと**
chotto

| | | |
|---|---|---|
| （天氣，溫度）熱的；<br>暑い／熱い<br>atsui | 薄的；淡的<br>薄い<br>usui | 早的<br>早い <br>hayai |
| （天氣）冷的<br>寒い<br>samui | 濃的<br>濃い<br>koi | 晚的；慢的<br>遅い<br>osoi |
| （溫度）冷的；涼的<br>冷たい<br>tsumetai | 寬廣的<br>広い<br>hiroi | 快的<br>速い<br>hayai |
| 溫暖的<br>暖かい<br>atatakai | 狹窄的<br>狭い<br>semai | 圓形的<br>丸い<br>marui |
| 涼爽的<br>涼しい<br>suzushī | 長的<br>長い<br>nagai | 四方形的<br>四角い<br>shikakui |
| 厚的<br>厚い<br>atsui | 短的<br>短かい<br>mijikai | 明亮的<br>明るい<br>akarui |

黑暗的
暗い
kurai

粗的
太い
futoi

有趣的
面白い
omoshiroi

強壯的
強い
tsuyoi

細的
細い
hosoi

無聊的
つまらない
tsumaranai

脆弱的
弱い
yowai

新的
新しい
atarashī

有名（的）
有名
yūmei

高的；貴的
高い
takai

舊的
古い
furui

熱鬧（的）
賑やか
nigiyaka

矮的
低い
hikui

大的
大きい
ōkī

安靜（的）
静か
shizuka

便宜的
安い
yasui

小的
小さい
chīsai

認真
真面目
majime

深的
深い
fukai

簡單的，溫柔的
易しい／優い
yasasī

有精神，活潑
元気
genki

淺的
浅い
asai

困難的
難しい
muzukashii

方便
便利
benri

# 通訊錄記錄

請告訴我你的 _____
_____ 教えて下さい
_____ oshiete kudasai

請寫一下
書いて下さい
Kaite kutasai

| | |
|---|---|
| 姓名<br>名前<br>namae |  |
| 地址<br>住所<br>jūsho |  |
| 電話號碼<br>電話番号<br>denwa bangō |  |
| 電子郵件信箱<br>電子メール<br>tenshimeru |  |
| | |

我會寄 ____ 給你
__ 在送ります
__o okurimasu

| 信<br>手紙<br>tegami | 照片<br>写真<br>shashin |
|---|---|

# 旅行攜帶物品備忘錄

| | | 出發前 | 旅行中 | 回國時 |
|---|---|---|---|---|
| 重要度 A | 護照（要影印） | | | |
| | 簽證（有的國家不要） | | | |
| | 飛機票（要影印） | | | |
| | 現金（零錢也須準備） | | | |
| | 信用卡（要把號碼寫下來） | | | |
| | 旅行支票（要把號碼寫下來） | | | |
| | 預防接種證明（有的國家不要） | | | |
| 重要度 B | 交通工具、旅館等的預約券 | | | |
| | 國際駕照（要影印） | | | |
| | 海外旅行傷害保險證（要影印） | | | |
| | 相片2張（萬一護照遺失時申請補發之用） | | | |
| | 換穿衣物（以耐髒、易洗、快乾為主） | | | |
| | 相機、底片、電池、充電器 | | | |
| | 預備錢包（請另外收藏） | | | |
| | 計算機 | | | |
| | 地圖、時刻表、導遊書 | | | |
| | 辭典、會話書籍（別忘了帶這本書！） | | | |
| 重要度 C | 變壓器 | | | |
| | 筆記用具、筆記本等 | | | |
| | 常備醫藥、生理用品 | | | |
| | 裁縫用具 | | | |
| | 萬能工具刀 | | | |
| | 盥洗用具（洗臉、洗澡用具） | | | |
| | 吹風機 | | | |
| | 紙袋、橡皮筋 | | | |
| | 洗衣粉、晾衣夾 | | | |
| | 雨具 | | | |
| | 太陽眼鏡、帽子 | | | |
| | 隨身聽、小型收音機（可收聽當地資訊） | | | |
| | 塑膠袋 | | | |

從機場到旅館

旅行觀光

料理飲食

購物 Shopping

數字時間

介紹問候

哈日文化

藥品急救

常用字詞

附錄

| 常用的日本入口網站 |
| :---: |

▼

| ISIZE    http://www.isize.com/ |

| Yahoo!Japan    http://www.yahoo.co.jp/ |

| LycosJapan    http://www.lycos.co.jp/ |

| Goo    http://www.goo.ne.jp/ |

| MSN Japan    http://www.jp.msn.com/ |

| InfoseekJapan    http://www.infoseek.co.jp/ |

| FreshEye    http://www.fresheye.com/ |

| ExciteJapan    http://www.excite.co.jp/ |

作者簡介 許乃勝 🌸

生日：7月6日生於　台灣第一街--台南安平的延平街
血型：O型
星座：巨蟹座
興趣：舞文弄墨＋華衣美食＋周遊列國
學歷：日本慶應義塾大學文碩士
曾任：日本公文教育研究會國際部科長
　　　立德管理學院課外活動指導組組長
現任：立德管理學院應用日語學系專任講師
　　　立德管理學院祕書室公關組組長
　　　中華民國無障害環境推廣協會終身義工

**歌詞作品：**
◆與李建復、李壽全、蔡琴、靳鐵章、蘇來共組「天水樂集」出版「柴拉可汗」及「一千個春天」兩張唱
　片專輯
◆以「中華之愛」（施孝榮專輯）榮獲中華民國七十年度金鼎獎「最佳作詞獎」
◆以「機場」（薛岳專輯）獲選行政院新聞局「最佳歌曲」
◆其他主要歌詞作品：
　「熱情的島嶼」（歐陽菲菲專輯）
　「酒歌」（費玉清專輯）
　「謝幕曲」、「秋瑾」、「菜根譚」（蔡琴專輯）
　「八番坑口的新娘」（電影「八番坑口的新娘」主題曲）
　「明天會更好」（「明天會更好」合唱專輯）

**專欄作品：**
◆「許先生的下午茶時間」日文專欄（日本「HIRAGANA TIMES」雜誌）
◆「哈日一族宅急便」（聯合報）
◆「當台北遇到東京」（聯合報）

**出版作品：**
◆「東京通帶你去逛街」（農學社經銷／1995年12月出版）
◆「另類新東京之旅」（探索文化／1997年4月出版）
◆「哈日族的天堂」（探索文化／1999年4月出版）
◆「另類日本走透透」（角色／1999年9月出版）
◆「手指日本」（商周／2002年出版）

**廣播作品：**
曾任：
◆中廣台南台「輕鬆音樂」主持人
◆飛碟聯播網「東京併發症」主持人
◆中廣FM閩南語網「青春之夜」的「東京之夜」國際現場連線單元主持人
◆飛碟聯播網「陶色新聞」的「日本流行通」國際現場連線單元主持人
◆台北之音「台北OFFICE」的「東京OFFICE」國際現場連線單元主持人
◆飛碟聯播網「下午HIGH一點」的「東京クームヽヽ、クーオヽ叫」國際現場連線主持人
◆飛碟聯播網南台灣之聲「流行來旺旺」的「東京クームヽヽ、クーオヽ叫」國際現場連線單元主持人
◆TOUCH聯播網「無敵七點檔」國際現場連線單元主持人

# 旅行手指外文會話書

## 自助旅行・語言學習・旅遊資訊　全都帶著走

中文外語一指通　　不必說話也能出國
這是一本讓你靠手指，就能出國旅行的隨身工具書，
書中擁有超過2000個以上的單字圖解，和超過150句的基本會話內容
帶著這本書就能夠使你輕鬆自助旅行、購物、觀光、住宿、品嚐在地料理！

## 本書的使用方法

**step 1**

請先找個看起來和藹可親、面容慈祥的日本人，然後開口向對方說：
對不起！打擾一下

すみません・よろしいですか
sumimasen, yoroshīdesuka

出示下列這一行字請對方過目，並請對方指出
下列三個選項，回答是否願意協助「指談」。

**step 2**

這是用指談的會話書，如果您方便的話，是否能請
您使用本書和我對談？

これは・指をさしあいながら話する本です
よかったら、この本でお話ししませんか
指をさして下さい

| 好的！沒問題！ | 不太方便！ | 我沒時間 |
|---|---|---|
| いいですよ | 遠慮します | 時間がありません |
| īdesuyo | enryo shimasu | jikanga arimasen |

**step 3**

如果對方答應的話(也就是指著" いいです
よ "的話)，請馬上出示下列圖文，並使用
本書開始進行對話。
若對方拒絕的話，請另外尋找願意協助指
談的對象。

非常感謝！現在讓我們開始吧

ありがとうございます
ここから指さし日本語の
スタートです

❶ 本書收錄有十個單元三十個主題，並以色塊的方式做出索引列於書之二側；讓使用者能夠依顏色快速找到你想要的單元。

❷ 每一個單元皆有不同的問句，搭配不同的回答單字，讓使用者與協助者可以用手指的方式溝通與交談，全書約有超過150個會話例句與2000個可供使用的常用單字。

❸ 在單字與例句的欄框內，所出現的頁碼為與此單字或是例句相關的單元，可以方便快速查詢使用。

❹ 當你看到左側出現的符號與空格時，是為了方便使用者與協助者進行筆談溝通或是做為標註記錄之用。

❺ 在最下方處，有一註解說明與此單元相關之旅遊資訊，以方便及提供給使用者參考之用。

❻ 在最末尾有一個部分為常用字詞，放置有最常被使用的字詞，讓使用者參考使用之。

❼ 隨書附有通訊錄的記錄欄，讓使用者可以方便記錄同行者之資料，以利於日後連絡之。

❽ 隨書附有＜旅行攜帶物品備忘錄＞，讓使用者可以提醒自己出國所需之物品。

國家圖書館出版品預行編目資料

手指日本 / 許乃勝著 --初版. --臺北市：商周出版：城邦文化發行，2002
[民91]
　　　面；　　　公分. --（旅行手指外文會話書　6）

ISBN 957-469-928-5（平裝）

1. 觀光德語 – 會話

803.188　　　　　　　　　　　　　　　　　　　　　　91000379

# 手指日本

作　　　　者／許乃勝
總　編　　輯／林宏濤
責　任　編　輯／黃淑貞、顏慧儀

發　行　　人／何飛鵬
法　律　顧　問／中天國際法律事務所周奇杉律師
出　　　　版／城邦文化事業股份有限公司　商周出版
　　　　　　　104台北市民生東路二段141號9樓
　　　　　　　電話：(02) 25007008　　傳眞：(02) 25007759
　　　　　　　e-mail:bwp.service@cite.com.tw
發　絡　　行／英屬蓋曼群島商家庭傳媒股份有限公司城邦分公司
聯　絡　地　址／104台北市民生東路二段141號2樓
　　　　　　　讀者服務專線：0800-020-299
　　　　　　　24小時傳眞服務：02-2517-0999
　　　　　　　劃撥：1896600-4
　　　　　　　戶名：英屬蓋曼群島商家庭傳媒股份有限公司城邦分公司
　　　　　　　讀者服務信箱E-mail：cs@cite.com.tw
香港發行所／城邦（香港）出版集團
　　　　　　　香港北角英皇道310號雲華大廈4/F, 504室
　　　　　　　電話：25089231　　傳眞：25789337
馬新發行所／城邦(馬新)出版集團 Cite (M) Sdn. Bhd.
　　　　　　　41, Jalan Radin Anum, Bandar Baru Sri Petaling,57000
　　　　　　　Kuala Lumpur, Malaysia. Email: cite@cite.com.my
　　　　　　　Tel: (603) 90578822 Fax: (603) 90576622

內　頁　攝　影／許乃勝
封　面　設　計／斐類設計
內　文　設　計／紀健龍+王亞棻
打　字　排　版／極翔企業有限公司
印　　　　刷／韋懋實業有限公司
總　　經　　銷／高見文化行銷股份有限公司　　電話：(02)2668-9005
　　　　　　　傳眞：(02)2668-9790　客服專線：0800-055-3659790

□ 2002年3月15日初版　　　　　　　　　　　Printed in Taiwan.
□ 2015年3月9日二版26刷

售價／99元
著作權所有，翻印必究

ISBN 957-469-928-5

| 廣　告　回　函 |
| --- |
| 北區郵政管理登記證 |
| 北臺字第000791號 |
| 郵資已付，免貼郵票 |

104　台北市民生東路二段141號2樓

英屬蓋曼群島商家庭傳媒股份有限公司城邦分公司　收

- - - - - - - - - - - - - - - - - - - - - - - - - - - - - - - - - - - - - - - - - - - - - - - - -

請沿虛線對摺，謝謝！

| 書號：BX8001X | 書名：手指日本 | 編碼： |
| --- | --- | --- |

 商周出版

# 讀者回函卡

感謝您購買我們出版的書籍！請費心填寫此回函卡，我們將不定期寄上城邦集團最新的出版訊息。

姓名：＿＿＿＿＿＿＿＿＿＿＿＿＿＿＿＿＿ 性別：□男　□女

生日：西元＿＿＿＿＿＿年＿＿＿＿＿＿月＿＿＿＿＿＿日

地址：＿＿＿＿＿＿＿＿＿＿＿＿＿＿＿＿＿＿＿＿＿＿＿＿

聯絡電話：＿＿＿＿＿＿＿＿＿ 傳真：＿＿＿＿＿＿＿＿＿

E-mail：

學歷：□ 1. 小學 □ 2. 國中 □ 3. 高中 □ 4. 大學 □ 5. 研究所以上

職業：□ 1. 學生 □ 2. 軍公教 □ 3. 服務 □ 4. 金融 □ 5. 製造 □ 6. 資訊

　　　□ 7. 傳播 □ 8. 自由業 □ 9. 農漁牧 □ 10. 家管 □ 11. 退休

　　　□ 12. 其他＿＿＿＿＿＿＿＿＿＿＿＿＿＿＿＿＿＿＿＿

您從何種方式得知本書消息？

　　　□ 1. 書店 □ 2. 網路 □ 3. 報紙 □ 4. 雜誌 □ 5. 廣播 □ 6. 電視

　　　□ 7. 親友推薦 □ 8. 其他＿＿＿＿＿＿＿＿＿＿＿＿＿＿

您通常以何種方式購書？

　　　□ 1. 書店 □ 2. 網路 □ 3. 傳真訂購 □ 4. 郵局劃撥 □ 5. 其他＿＿＿

您喜歡閱讀那些類別的書籍？

　　　□ 1. 財經商業 □ 2. 自然科學 □ 3. 歷史 □ 4. 法律 □ 5. 文學

　　　□ 6. 休閒旅遊 □ 7. 小說 □ 8. 人物傳記 □ 9. 生活、勵志 □ 10. 其他

對我們的建議：＿＿＿＿＿＿＿＿＿＿＿＿＿＿＿＿＿＿＿＿＿

＿＿＿＿＿＿＿＿＿＿＿＿＿＿＿＿＿＿＿＿＿＿＿＿＿＿＿＿

＿＿＿＿＿＿＿＿＿＿＿＿＿＿＿＿＿＿＿＿＿＿＿＿＿＿＿＿